河出文庫

クライム・マシン

J・リッチー
好野理恵 他訳

kawade bunko

河出書房新社

クライム・マシン　目次

クライム・マシン

クライム・マシン

好野理恵訳

「この間、あなたが人を殺した時、わたし、現場にいたんですよ」とヘンリーは言った。

おれは葉巻に火をつけた。「ほう、そうかね？」

「もちろん、あなたにはわたしは見えませんでしたけどね」

おれは笑みを浮かべた。「タイム・マシンに乗ってたってのか？」

ヘンリーはうなずいた。

当たり前だが、おれはそんなことはひと言たりとも信じちゃいなかった。タイム・マシンについては、だ。まあ、この男が実際、その場に居合わせたってこともありうる。だがしかし、そんな突飛な居合わせ方だったはずはない。

殺しがおれの生業《なりわい》だ。そしておれがジェイムズ・ブラディを始末した時、目撃者がいたという事実には、当然のことながら、ちょっとばかり当惑した。こうなった以上は、こっちの身の安全のために、ヘンリーを片づける算段をしなければならんだろう。この男の強請《ゆすり》の餌食《えじき》になるつもりはさらさらなかった。たとえ、ほんの一時《いっとき》にしてもだ。

「ご注意申し上げなければなりませんが、わたしはここに来ることを、念のため、みなに知らせてありますからね、リーヴズさん」ヘンリーは言った。「理由は教えていませんが、みな、わたしがここにいることは知っています。おわかりですね？」

おれはまた微笑を顔に貼《は》りつけた。「自分のうちで殺しはやらんよ。そこまで非道《ひど》いもてなしはしないぜ。だからあんたも、飲み物をすり替えたりする必要はないのさ。あんたのグラスに、ブランデーより強いものは入っていないと保証しよう」

状況はもとより不愉快なものだったにもかかわらず、おれはヘンリーの奇妙奇天烈な話をけっこう楽しんでいた。「あんたのその機械だがね、ヘンリー、それは床屋の椅子《いす》にちょっと似たようなものかね？」

「ある程度は」と彼は認めた。

おれたちが同じ映画を見ているのは間違いなさそうだった。「後ろに丸い反射鏡みたいな装置が付いてるんだな？　でもって、手前にあるレバーを引くと、過去へ行けるんだろ？　それとも未来か？」

「過去だけです。未来へ行くメカニズムについては、今も研究の段階にありましてね」ヘンリーはブランデーをひと口飲んだ。「わたしのマシンは移動式でもあります。つまり、過去に行けるだけでなく、思いのままに地上のどこにでも行けるのです」

そりゃ素晴らしい。ウェルズの旧型タイム・マシンに大した改良を加えたもんだ。

「それで、あんたの姿は目に見えないのか？」

「そうなんです。過去にはいかなる干渉もできません。わたしには、ただ見守ることしかできないのです」

この狂人の思考は、少なくともある程度までは筋が通っていた。一万年前に一匹の蝶《ちょう》の羽を傷つける程度のことで、歴史の流れが変わってしまうことも考えられるのだ。

ヘンリーは午後三時におれのアパートメントを訪ねてきた。姓は名乗らなかったが、おれを強請《ゆす》るつもりなのだから、それはごく当然のことだった。この男はかなり背が高く痩《や》せており、眼鏡をかけているせいで顔は梟《ふくろう》みたいに見え、髪は好き勝手な方向に跳ねていた。

ヘンリーは身を乗り出した。「ジェイムズ・ブラディって人が、七月二十七日の夜十一時頃、ブレニム・ストリートの倉庫で撃ち殺されたって、昨日の新聞で読んだんですよ」

その先なら補ってやれるぞ。「それであんたは、自分のタイム・マシンに乗り込んで、ダイヤルを七月二十七日のブレニム・ストリートに合わせ、十時三十分に、かぶりつきの席に陣取って、おれがまた殺人をやるのを待ってたってわけだな？」

「そのとおりです」

この特殊なタイプの精神異常については、パワーズ博士に相談してみる必要があるだろう。博士は熟練の、そして——おれが女房を始末してやってからは——裕福な精神科医だった。

ヘンリーはかすかな笑みを浮かべた。「正確に言うと、十時五十一分にあなたはジェイムズ・ブラディを撃ちましたね。死んだのを確かめるため、彼の上にかがみ込んだ時、車のキーを落としました。『くそ！』と言ってあなたはキーを拾いましたね。倉庫のドアのところで、あなたは振り向いて片手を挙げ、死体に向かって敬礼の真似《まね》をしました。そうして、その場を立ち去ったのです」

間違いない、こいつはあそこにいやがったな。絵空事でしかないタイム・マシンに乗っていたのではなく、おそらくは倉庫の中に何千個もあった箱や荷物の間に隠れて——偶然、殺しを目撃したのだ。たまたま生じる不運な偶然のひとつだ。そのために完璧だったはずの殺人が画龍点睛《がりようてんせい》を欠いてしまった。しかしなんでこいつは、それをわざわざこんな奇想天外な話に仕立てたのだろう？

ヘンリーはグラスを置いた。「わたしが見たことを忘れるためには、五千ドルもあれば充分だと思うんですけどね」

どのぐらいの間、忘れていられるんだ？　ひと月か？　ふた月か？　おれは葉巻をふかした。「警察へ行ったとして、その証言を押し通すつもりかね」

「あなたは取り調べに堪《た》えられますか？」

実際の話、そこのところは何とも言えなかった。おれは非常に用心深い仕事人だが、どこかでうっかりボロを出すこともないわけじゃない。確かに、当局の関心を引くのは喜ばしいことではないだろう。それだけははっきりしていた。

おれは自分のグラスに酒を足した。「面白くて金になるビジネスを始めたようだな。ほかにも大勢の殺し屋に話を持ちかけたのかい？」そう言いながら、やつのスーツに目をやる。スペアのズボン付きで売っている安物に違いなかった。

たぶん、ヘンリーはおれの心を読んだのだろう。「まだ始めたばかりでしてね、リーヴズさん。わたしがお近づきになった殺し屋さんはあなたが初めてですよ」

やつは気取った笑みを浮かべた。「あなたに関しては、ほかにもいろいろ調べさせていただきました。六月十日、夜十一時十二分に、あなたは盗んだ自動車で、ミセス・アーヴィン・ペリーという人を轢《ひ》き殺しましたね」

ミセス・ペリーの死については、新聞記事を読んだのかもしれない。だが、どうしておれが運転していたってことがわかったのだろう？　当てずっぽうか？

「あなたは交差点から百ヤードぐらい離れたところに車を停《と》めました。ミセス・ペリーが姿を現わすのを待つ間、エンジンはかけっぱなしでした。彼女が現われる十分前に、一匹のコリー犬が道路を走って横切りましたね。七分前には、消防車が猛スピードで通り過ぎていきました。三分前には、ティーンエイジャーをぎゅう詰めに乗せたA型フォードが傍《そば》を走り抜けていきました。その車のマフラーは欠陥品でした。そりゃもう、けたたましいったらなかったですよね」

おれは眉《まゆ》をひそめた。こういうことを、こいつはどうやって知ったのだろうか？

ヘンリーは悦に入ってしゃべりつづけた。「去年の九月二十八日、肌寒い午後二時十五分、ジェラルド・ミッチェルという人が散歩中に自宅近くの崖《がけ》から〝転落〟死しました。この人には少しばかりてこずりましたね。小柄な人でしたが、驚くほど力持ちでした。あなたに宙に放り出される前に、彼はあなたの上着の左ポケットを破りとりました」

呆然《ぼうぜん》とやつの顔を見つめているのに気づき、おれは急いでブランデーをすすった。

「五千ドルです」とヘンリーは言った。「言うまでもありませんが、小額紙幣で、ですよ。五百ドル札より大きいのは入れないでくださいね。もちろん、あなたがそれだけの現金をそのへんに転がしているとは思っていません。明晩八時にまた参上いたしましょう」

おれは気を取り直した。一瞬だがあやうく、ヘンリーはほんとうにタイム・マシンを持っているのではないかという考えを抱くところだった。だが、説明は何かほかにつくはずだ。その説明を考え出さねば。

玄関のドアのところで、おれはにっこりと笑った。「ヘンリー、自慢のタイム・マシンでひとっ飛びして、切り裂きジャックの正体を調べてみてくれんか？　知りたくてたまらないんだがね」

ヘンリーはうなずいた。「今夜やってみましょう」

おれはドアを閉め、リビングに入った。

妻のダイアナがファッション雑誌を脇《わき》にどけた。「誰だったの、あの変な人？」

「自称発明家だよ」

「ほんと？　確かに、それだけで充分気ちがいじみてるわ。発明品をあなたに売りつけたかったのかしら？」

「ちょっと違うな」

ダイアナは緑の瞳を持つ冷淡な女で、三十も年上の金持ち男と結婚するようなほかの女に比べれば、たぶんそれほど貪欲《どんよく》でも不実でもない方だろう。おれは自分たちの関係がどんなものか知り抜いているが、芸術作品を楽しむためには、色々な方法で代価を支払わねばならないということは心得ている。そしてダイアナは芸術作品——自然が産み出した最高傑作だ。おれは自分の所有するモジリアニやファン・ゴッホの作品にひけを取らないくらい高く彼女を評価しているのだ。

「あの人は何を発明したって言ってるの？」

「タイム・マシンさ」

ダイアナは微笑《ほほえ》んだ。「あたしは永久運動の機械の方が好き」

おれは少しいらついた。「ことによると、そのマシンはほんものかもしれんぞ」

ダイアナはじっとおれを見つめた。「あなたが、あの変な人の口車に乗ってお金を出すつもりがなければいいと思うけど」

「ないさ。まだ頭の方はしっかりしてるよ」

妻がおれの金の心配をしてくれるとは、いじらしくて涙が出そうだった。自分でその金を使いたいだけだ、というのは百も承知だが。ヘンリーがおれから金をせしめるチャンスは、妻が絡んでいる限り、皆無だった。

ダイアナは雑誌を取り上げた。「あの人、あなたにその機械を見てくれと言ったの？」

「いいや。それに、たとえ言われたとしても、その気はないね」

それでも、ヘンリーがあの三件の殺しを細部までどうやって知り得たのか、疑問は残った。そのうちの一件に居合わせたというのなら、偶然として片づけられる。だが三件とは？

　タイム・マシンなどあるわけがない。何か別の説明があるはずだ――知性のある人間が信じられるようなものが。

　おれは腕時計に目をやって、別のことに気持ちを切り替えた。「ちょっと用事があるんだ、ダイアナ。一、二時間で戻るよ」

　町の中心部にある中央郵便局まで車を飛ばし、鍵《かぎ》で私書箱を開けた。中には待っていた手紙が入っていた。

　仕事の大部分は、郵便と私書箱番号を使ってこなしている。客はおれの名前を知らない。たとえ直接接触する必要が生じた場合でも、だ。

　手紙はジェイスン・スペンダーからのものだった。これまでにも何度か手紙をやり取りしていた。スペンダーはチャールズ・アトウッドの抹殺を交渉してきていた。スペンダーはその理由を明かさなかったし、おれの目的にはそんなものは必要なかった。だが、今回はあえて推測することができた。スペンダーとアトウッドは建築事業のパートナーだったが、利益を分け合うことが、もはやスペンダーの気に入らなくなったようなのだ。

　手紙はおれの要求額――一万五千ドル――を呑《の》み、それから明晩、アトウッドにはディナーの約束があり、家に戻るのは十一時頃だという情報を伝えていた。警察に面倒な事情聴取をされた場合に備えて、スペンダーは事件が起こるその時間にアリバイを作るつもりでいるのだろう。

おれはシップラー探偵事務所まで足を伸ばし、まっすぐアンドリュー・シップラーのところへ行った。

妻を尾行させるために、常時、探偵を雇っておくわけにはもちろんいかなかった。だが年に数回、一、二週間、おれは用心のために彼の事務所を利用している。いつもそれで充分だった。

例えば、一九五八年にシップラーはテレンス・ライリーという男を嗅《か》ぎ出した。最高に魅力溢《あふ》れる男――金髪で精悍《せいかん》で、いかにもダイアナがのぼせ上がりそうなタイプ――で、あまり妻を責めるわけにはいかない。

しかし、テレンス・ライリーはすぐにこの世とおさらばした。この殺しについては無報酬だった。愛のボランティアというやつだ。

シップラーは会計士のような雰囲気を漂わせる、よく肥えた五十がらみの男だった。紙ばさみから、タイプされた書類を取り出すと、縁なし眼鏡を合わせた。「奥様は昨日は二度外出なさいました。朝の十時三十分に小さな帽子屋に行き、そこで一時間ほど過ごしました。結局、お買いになったのは、青と白の帽子で――」

「細かいことはいい」

彼は少し気を悪くした。「ですが、細かい点こそが重要なのですよ、リーヴズさん。われわれは徹底的にお調べしようと努めているのです」彼はふたたび書類に目をやった。「それから、ドラッグストアで苺《いちご》ソーダを飲み、次に――」

おれはまたさえぎった。「女房は誰かに会ったのか？　誰かと話をしたか？」

「ええ、帽子屋の主人と、ドラッグストアのカウンターの店員と」

「そのほかにだ！」おれは噛《か》みつくように言った。

彼は首を振った。「いいえ。ですが午後二時三十分に、また外出されました。奥様はファーウェルの小さなカクテル・バーへ行きました。そこで同じ年頃のふたりの女性と会っています。どうやら前もって約束していたようでした。カレッジのクラスメートで、久しぶりの再会だったようです。うちの者が会話をあらかた盗み聞きしたところによると、三人はかつてのクラスメートたちのことや自分たちの近況を話し合っていました」シップラーは軽く咳払《せきばら》いをした。「ふたりは奥様が、かなりの資産家を……その……射止めたことにいたく感心していたようです」

「ダイアナは何と言った？」

「ごく当たり障りのないことですよ」シップラーは両手を組んだ。「奥様は二時間の間にピンク・レディを一杯とマンハッタンを一杯召し上がりました」

「女房のカクテルの好みが聞きたいわけじゃない。ほかに誰かに会ったか？　男には？」

シップラーは首を振った。「いいえ。奥様は四時十分にふたりと別れ、帰宅しました」

人の心というのはおかしなものだ。当然ながら、おれは安心した——そのくせ、ほんの少し、がっかりもしていた。

「奥様の監視を続けましょうか？」シップラーが期待を込めて訊《き》いた。

今回は、ダイアナに一週間ほど見張りをつけていた。おれはシップラーの問いかけをとくと考えた。シップラーは一日につき百ドル請求し、それはばかにならない出費だった。ふと笑みが漏《も》れた。今、ヘンリーのタイム・マシンがあれば、ずいぶん金を節約できるだろうに。「もう二、三日、見張ってくれ」とおれは言った。「それから、ほかにも頼みがある」

「はい？」

「明日の晩八時に、客が来ることになっているんだ。そいつはおれのところに十分か二十分ぐらいいるだろう。その男が出ていったら、後を尾《つ》けてほしいんだ。その男の正体と、住んでいる場所を知りたい」そう言ってシップラーにヘンリーの人相を説明した。「突き止めたらすぐに電話をくれ」

おれは銀行へ寄り、五千ドルを引き出した。

明くる晩七時にダイアナは映画を見にでかけた。あるいは少なくとも、おれにはそう言った。それについてはあとでわかることだ。

ヘンリーは八時ちょうどにやってきた。おれは書斎に通した。

やつは椅子に坐《すわ》った。「輸入会社の事務員でしたよ」

「誰が？」

「切り裂きジャックですよ。小心そうな男でね——歳は、見たところ、四十代初めぐらいですね。どうやら独り者らしく、母親と暮らしていました」

おれは笑顔で言った。「そりゃあ面白い。名前は？」

「そこまではまだわかりません。おわかりでしょうが、人は首から名札をぶら下げて歩いてはいませんし、実際にそれが何という人間か、調べ出すのはむずかしいんですよ」

自分で切り裂きジャックの名前を考え出すなど簡単なことだったろうに、だがこっちの方がもっと巧妙で——それに筋が通っていた。

ヘンリーは言った。「五千ドルはお持ちですか？」

「ああ」おれはその包みを出して手渡した。

ヘンリーは立ち上がった。「今夜はカスターの大虐殺（一八六八年、カスター中佐率いる第七騎兵隊がシャイアン族の村を襲い女子供まで皆殺しにした事件）の現場に遡《さかのぼ》ろうと思っているんですよ。歴史というのはほんとうに魅力的ですね」

おれはこう考えて自分を慰めるしかなかった。この野郎を殺《や》る時が来たら、一瞬もあまさず楽しんでやろう。

ヘンリーが行ってしまうと、おれは電話の横に坐ってじりじりしながら待った。九時三十分に電話が鳴ると、すぐに受話器を取った。

「シップラーです」

「ああ、やつはどこに住んでる？」

シップラーの声は申し訳なさそうだった。「残念ながら、うちの者が見失ったようで」

「何だと？」

「その男はバスを乗り継ぎ乗り継ぎし、しまいには姿をくらましてしまいました。尾けられていることに、うすうす感づいたのだと思います」

「このドジの大間抜けが！」おれは怒鳴った。

「いや、まったくです、リーヴズさん」しゃっちょこばってシップラーは言った。

「うちの者がドジの大間抜けで」

おれは電話を切り、バーボンを注いだ。今回、ヘンリーはうまく逃げおおせたが、また別の機会もあるだろう。あいつは戻ってくる。強請《ゆすり》とは決して満足しないものなのだ。

おれは時間に気づき、その晩はまだやるべき仕事があるのを思い出した。上着を着て帽子をかぶると、階段を降りてアパートメントのガレージへ向かった。

チャールズ・アトウッドの家は木の生い繁《おしげ》った数エーカーの敷地に建つ大邸宅だった。願ったり叶《かな》ったりの場所だ。身を隠す場所があり余るほどある。

家は暗かった。使用人の住居と思われる三階に灯りがついているだけだった。

三台の自家用車が納まるアトウッドのガレージは家から離れたところにあった。おれはガレージ脇の木の繁みに身をひそめ、そして待った。

十一時十五分に一台の車が私道を入り、ガレージへと向かってきた。車は自動扉が上がるちょっとの間停車し、それからガレージの中へ消えていった。

三十秒後、脇の戸口が開き、月明かりの下、背の高い男が出てきた。男は家へ向かって歩き出した。

消音装置をつけたリボルバーをかまえ、男が十五フィート以内に近づくのを待って、おれは隠れ場所から出た。

アトウッドはおれを見ると、驚きの叫びを上げて立ち止まった。

引き金を引くと、アトウッドは音もなく地面に倒れた。男が息絶えたことを確かめ――おれは物ごとを半端に放り出すのは好きじゃないのだ――それから木立ちを抜けて、自分の車を停めておいた通りまで引き返した。

仕事は完璧に成功した。そしてこの三十六時間で初めて、おれはこの世の平和を噛みしめた。

真夜中少し前に自宅に戻り、くつろいでいると電話が鳴った。

ヘンリーだった。「今夜、あなたがまた誰かを殺したのを見ましたよ」楽しげに彼は告げた。

手がじっとりと湿り気を帯びた。

「家に帰りつくと」とヘンリーは言った。「わたしはタイム・マシンに乗って、お宅を出た時刻へと戻りました。あなたがわたしを尾けるつもりだったのかどうか確かめたかったのです。おわかりでしょうが、わたしは用心しなければなりません。なにしろ、殺し屋と取り引きしているわけですからね」

おれは何も言わなかった。

「あなたは尾けてこなかった。でも外出しました。それでわたしは好奇心から、マシンに乗ってあなたの後を尾けたのです」

あのくそいまいましいタイム・マシン！　そんなことができるのか？

「ただ、よくわからないのはですね」ヘンリーは言った。「あなたが殺した人は――あなたが殺すつもりだった人なんでしょうか？」

こいつ、何が言いたいんだ？

「というのも、あの自動車にはふたりの男が乗っていたからなんですよ」とヘンリー。

思わず訊き返した。「ふたり？」

「そうです。あなたはガレージから出てきた最初の男を撃ちました。ふたりめの男は四十五秒ぐらいあとから出てきたんです」

おれは目を閉じた。「そいつはおれを見たか？」

「いいえ。その時にはあなたは立ち去っていました。その男はただ、あなたが撃った男の上にかがみ込んで、『フレッド！　フレッド！』と呼びかけていました」

おれはまぎれもなく汗をかいていた。「ヘンリー、あんたに会いたいんだが」

「なぜです？」

「電話じゃ話せん。だが会わなきゃならんのだ」

ヘンリーの声は疑わしげだった。「さあ、どうしましょうかね」

「つまり、金の話だ。大金だぞ」

彼はずいぶん考えていた。「いいでしょう」ようやく彼は言った。「明日では？　八時頃でいかがでしょう？」

そんなに長く待てなかった。「だめだ。今すぐだ。できるだけ早く、ここに来てくれ」

ヘンリーはまた数秒考え込んだ。「悪だくみはなしですよ。わたしはどんなことにも備えていますからね」

「悪だくみなんぞないよ、ヘンリー。誓ってだ。なるべく早く来てくれ」

ヘンリーは四十五分後にやってきた。「何ごとですか、リーヴズさん?」

おれはずっと酒を飲み続けていた――飲み過ぎない程度に――だが、そんな考えを受け入れることは――受け入れる寸前ではあったが――おれの理性にとって苦痛そのものだった。「ヘンリー、あんたのマシンを買いたい。ほんとうに使えるものならな」

「使えますよ」彼はかぶりを振った。「ですが売るわけにはいきません」

「十万ドル出す」

「問題外です」

「十五万」

「あれはわたしの発明品です」ヘンリーは強情に言い張った。「手放すなんて、夢にも考えられませんよ」

「また作ればいいじゃないか」

「それは……まあ、そうなんですけど」彼は疑い深そうにおれを見つめた。

「ヘンリー、あんたのを手に入れたら、おれがタイム・マシンを大量生産するとでも思ってるのか? ほかのやつらに売るとでも?」

そう思っていると、顔にはっきりと書いてあった。

「ヘンリー」おれは辛抱強く言った。「この世で自分以外のやつがタイム・マシンを持つことなんぞ、まかり間違ってもおれは望まんよ。何たって、おれは人殺しだ。ほかの連中が過去をほじくり返したりするのを歓迎するわけがない。特におれの過去はな——だろ?」

「そうですね」と彼は認めた。「ほかの誰かがあなたを警察に引き渡したいと思うかもしれませんしね。そういう人たちもいますもんね」

「二十万ドルだ。ギリギリの線だ」実際のところ、おれにとって金はもう問題ではなくなっていた。ヘンリーのマシンがあれば——もしほんものなら——おれは何百万でも稼ぎ出せるのだ。

彼の目がずるがしこそうにきらめいた。「二十五万。それがいやなら諦めてください」

「ヘンリー、吹っかけすぎだぞ。だがあんたの言い値を呑もうじゃないか。ただし、マシンがちゃんと使えると納得してからだ。いつ見せてもらえる?」

「また連絡しますよ」ヘンリーは抜け目なく言った。「明日か、あさってか、たぶん一週間以内には」

「今すぐじゃだめなのか?」

彼は首を振った。「だめです。あなたはとても頭がいい方だ、リーヴズさん。おそらくこの時のために罠《わな》を考えてあるんでしょう。日時と条件は自分で決めたいんです」

彼の決心を覆すことはできなかった。そしてヘンリーは五分後に去っていった。

おれは朝七時に起き、階段を降りて新聞を買いに行った。確かに殺したのは別人だった。フレッド・ターリー。これまで聞いたこともない名前だ。

アトウッドとターリーは一緒にディナーに出席し、カードを楽しんで帰ってきて、車でガレージに入った。ターリーは脇の戸口から先に出たが、アトウッドは車をロックするために後に残った。その時、自分の書類鞄がまだ後部座席にあるのに気づいた。鞄を取って、車をロックし直し、それからガレージを出て、家に通じる小道の上でターリーが死んでいるのを発見した。当初、彼はターリーが何らかの発作に襲われたのだと思った。ようやく事実を知ると、声を上げて助けを呼んだ。警察は殺人犯の正体についても、殺害の動機についても何の手がかりも得ていなかった。

気がつくとおれは、その午前中ずっと、家の中でいらいらしながらヘンリーからの電話を待っていた。新聞に五回も六回も目を通し、地元版のとある記事に目を留《と》めた。

またどこかのバカが〝マネー・マシン〟なるものを買ったらしい。

この種のペテンは通貨の歴史と同じぐらい古いものとみえる。被害者は紙幣製造機《マネー・マシン》を持っているという、見も知らぬ人物から声をかけられる。一ドル札を入れてハンドルをまわすだけで、反対側から二十ドル札が出てくるという代物だ。今度のケースでは、被害者はこの機械を五百ドルで買っていた――その見知らぬ人物は、現金が必要なので、やむなくその機械を売ることにしたと言ったそうだ。

人間てやつは、信じがたいくらい間抜けな生き物だ！

もしその機械がほんとうにほんものなら、その見知らぬ人物が五百ドル手に入れるには、自分でハンドルを二十五回まわして、二十五ドルを五百ドルに換えればいいだけの話だ、ということに気づくだけの基本的な知性も想像力も、その被害者は持ち合わせていなかったのだろうか？

そうだ、人間てのは途方もなく……。

気がつくとまたその記事を読み返していた。それから酒壜を置いたキャビネットのところへ行った。

バーボンを二杯やって、ようやく正気を取り戻した。

もう少しでヘンリーの罠に引っかかるところだった。認めたくはないが、おれもちょっとばかり間が抜けていた。

笑いがこみあげてきた。それでもやはり……ヘンリーのタイム・マシンを見るのはけっこう面白い経験かもしれない――マシンがほんものだと、あいつがおれをどう納得させようとするのか、これはちょっとした見物《みもの》だ。

ヘンリーはその日の午後一時にやってきた。震えているようだった。「恐ろしいことです」と彼はつぶやいた。「ああ恐ろしい」

「何が恐ろしいんだ？」

「カスターの大虐殺ですよ」ヘンリーはハンカチで額をぬぐった。「今後は、あの手のことは避けなくては」

おれは吹き出しそうになった。なかなかやるじゃないか。ヘンリーは芝居ってものがわかっている。「で、これからあんたのマシンを見に行くのか？」

ヘンリーはうなずいた。「そのつもりです。あなたの車でまいりましょう。わたしのは修理に出てましてね」

おれが運転して一マイルほど走ると、ヘンリーは道端に車を寄せるように言った。おれはすばやくあたりを見まわした。「ここに住んでるのか？」

「いいえ。ですが、ここからはわたしが運転しますよ。あなたは目隠しをして、後ろのシートに横になってください」

「おいおい、ヘンリー！」

「もしマシンのところに連れていってほしいなら、どうしてもそうする必要があるのです」ヘンリーは頑として主張した。「それに、あなたが武器を持っていないか、調べなくてはなりません」

おれは武器は持っていなかった。そしてヘンリーの考えた目隠しというのは、黒いフードでおれの頭をすっぽり蔽《おお》い、首の後ろで紐《ひも》を縛るというものだった。

「バックミラーであなたをずっと見張っていますからね」ヘンリーは警告した。「あなたが目隠しに手を触れるのを見たら、すべて御破算です」

気がつくとおれは無意識のうちに、ヘンリーが車で通った曲がり角を記憶し、どこに連れていこうとしているのか、手がかりになりそうな音を聞き分けようとしていた。しかし、その作業はやたらと込み入っていて、結局、できるだけ力を抜き、目的地に着くのを待つことにした。

一時間後、ようやく車は速度を落として停まった。ヘンリーが車を降り、ガレージのドアが開いたとおぼしき音がした。ヘンリーが戻り、さらに車は十五フィートかそこら前進して、また停まった。

ドアが閉まり、灯りのスイッチを入れる音が聞こえた。

「着きましたよ」とヘンリーが言った。「今、目隠しを取りますからね」

思ったとおり、そこはガレージの中だった――だが窓という窓にはベニヤ板が釘《くぎ》で打ち付けられ、頭上に電球がひとつ灯《とも》っているだけだった。左手の建築用コンクリート・ブロックでできた壁には、頑丈なオーク材のドアがあった。

ヘンリーはリボルバーを取り出した。

おれはぞっとする考えにとらわれた。何というバカなんだ！　うかうかと——文字どおりにも、比喩的な意味でも——盲目的に、こんなところにおびき出されるとは。そして今、理由はわからないが、ヘンリーはおれを殺そうとしているのだ！

「ヘンリー」とおれは言いかけた。「待て、話せばわかる……」

ヘンリーは銃を振った。「これは単に用心のためですよ。あなたがよからぬことを考えた場合に備えてのね」

ヘンリーは鍵《かぎ》を取り出し、オーク材のドアの前へ行った。「ここはもともと、車二台用のガレージだったのを、半分に仕切ったんです。タイム・マシンはこの中です」

彼はドアの鍵を開け、頭上の灯りのスイッチを入れた。

ヘンリーのタイム・マシンは、ほぼ予想どおりのものだった——わずかな革を張った金属製の椅子で、背後には鏡のように輝く、巨大なアルミニウムのシールドあるいは反射鏡がついており、椅子の台座に取り付けられた操縦盤にはレバーやダイヤルやボタン類が並んでいる。

部屋に窓はなく、四面の壁はすべて——格子の嵌《は》まった通風孔が三箇所、肩ぐらいの高さのところにあるのを除いて——頑丈なコンクリート・ブロックでできていた。床もコンクリートで、天井には漆喰《しっくい》が塗ってある。

おれはにやりと笑った。「ヘンリー、あんたのマシンは電気椅子にそっくりだな」

「ええ」じっと考えてヘンリーは言った。「確かにそう見えますね」

おれはヘンリーを見つめた。もしもこいつがとんでもなく狡猾《こうかつ》なやつで、これがほんとうは……。もう一度マシンをじっくりと見た。「当然、実地に使って見せてもらいたいもんだな。どうやって動かすんだ？」

「椅子に坐ってください。どのレバーを引いたらいいか、お教えしましょう」

その装置は見れば見るほど電気椅子によく似ていた。おれは軽く咳払いをした。

「それよりいい考えがあるんだ、ヘンリー。あんたがその椅子でちょっと出かけてみちゃどうだ。戻ってくるまで、おれはここで待たせてもらおう」

ヘンリーは考え込んだ。「いいでしょう。ですが、あなたはこの部屋から出なければなりませんよ」

そう来たか。

「つまりですね、マシンを作動させると」とヘンリーは言った。「周囲にはかなりの気流の乱れが生じるのです。この部屋をこんなに頑丈に作らなければならなかったのは、そういう理由からです。気流の乱れをいくぶんか緩和するために通風孔を取り付けましたが、それがどれぐらいうまく機能しているのか、いまひとつわからないのです。あなたが部屋に残った場合、何が起こるか、わたしには何とも言えません」

おれは微笑を浮かべた。「おれが怪我《けが》でもするかもしれないってわけか？　あるいは死ぬとか？」

「そのとおりです。ですから、あなたが部屋を出てドアを閉めてくれるなら、わたしはマシンで出発しましょう。それに警告をもうひとつ。わたしが戻ってくる時も、あなたは部屋の外に出ていなければなりませんよ」

部屋の外に出て、後ろ手にドアを閉めながら、おれはひとりほくそえんだ。葉巻に火をつけ、そしてわくわくしながら待った。

次に起こったことはとても忘れられそうもない。最初、発電機が起動したような低い金属的な唸《うな》りが起こった。その音は次第に高くなり、やがて吹きすさぶ風の咆哮《ほうこう》が混ざった轟音《ごうおん》に変わった。轟音はだんだん大きくなり、一分ぐらい続いた。

それから音は突然やみ、完全な静けさが訪れた。

よし。実に面白いショーだ。だが、おれから二十五万ドルを引き出すつもりなら、これくらいは当然だろう。

おれは戸口に行き、ドアを開けた。

部屋はからっぽだった！

おれはぽかんと口を開けて、その場に立ちつくした。そんなはずはない！　部屋からの出口はただひとつ、たった今、おれが入ってきたドアだけだ。それだって小さすぎて、あの椅子を通すことなどできないのは歴然だ。ほかに開いている所といえば、格子の嵌まった三箇所の通風孔だけ。それらは二フィート四方もないのだ！

突然、ふたたび唸りが聞こえた。強い気流が部屋の中に渦巻き、気がつくとおれは息を切らして部屋を飛び出し、後ろ手にドアをバタンと閉めていた。

音は耳を聾《ろう》するほど大きくなり、そして、前と同じように唐突にやんだ。

カチャリとドアが開いて、ヘンリーが部屋から出てきた。その背後に、タイム・マシンが元どおりに収まっていた。

ヘンリーは何ごとか考え込んでいるようすだった。やがて首を振った。「クレオパトラって、そんなに美人でもありませんでしたねえ」

おれの心臓はまだ動悸が鎮《しず》まらなかった。「あんたがいなかったのは、たった一、二分の間だぞ」

ヘンリーは手を打ち振った。「ある時間の観念ではね。実際には、わたしはクレオパトラの御座船の上で一時間過ごしたのですよ」そしてこの時点に戻ってきたというわけか。「二十五万ドルでいいですか？」

おれは弱々しくうなずいた。「一、二週間かかるぞ」おれは額をぬぐった。「ヘンリー、おれもあの椅子に一度乗ってみないとな」

ヘンリーの顔が曇《くも》った。「そのことについては、よく考えたのですけれどね、リーヴズさん。だめです。あなたはわたしの発明品を盗むかもしれません」

「だが、どうやってだ？　おれはここに戻ってこないわけにはいかんのじゃないか？」

「いいえ、あなたは過去に行き、その後、世界のどの場所に戻ってくることも可能です。おそらくここから千マイル離れた場所にでもね」

ヘンリーはポケットから小さなスパナを取り出すと、操縦盤の一部分をはずしはじめた。

「何をしてるんだ？」

「要《かなめ》となるトランジスターを取りはずしているんです。手許に保管しておこうと思いましてね。こうしておけば、誰かがわたしのタイム・マシンを盗んだとしても、役に立たないのがわかるでしょう」

来る時と同じ予防策を講じ、ヘンリーは車を運転しておれを家まで送った。それから、おれを残して去っていった。

われわれアメリカ人は、古いナンバープレートを棄《す》てることに罪の意識があるらしい。ヘンリーも例外ではなかった。あのガレージの壁には古いプレートが四組、釘で打ち付けてあった。おれはそのうちの二枚を記憶していた。

おれは電話でシップラーをつかまえた。「ナンバープレートの番号から持ち主を突き止められるか？」

「できますよ、リーヴズさん。州のお偉方にコネがありますのでね」

おれは番号を教えた。「最初のは一九五八年のナンバーで、二番めは一九五九年のだ。なるべく早く、持ち主の名前と住所が知りたい。わかったらすぐ電話をくれ」

おれは電話を切りかけた。

「あの、リーヴズさん。昨日の分の奥様の報告があります。このお電話で報告してよろしいですか?」

そっちはすっかり忘れていた。「それで?」

「奥様は昨日の朝、十時三十分に外出されました。ドラッグストアでオレンジ・スティック数本とマニキュアをお買いになりました」

「どんな色のマニキュアだ?」おれはそっけなく訊いた。

「サマー・ローズです」得意げにシップラーは答えた。「それから奥様は――」

「それはもういい。女房は誰かと会ったのか?」

「いいえ。ドラッグストアの店員だけです。女性でした。しかし夕方、七時三分過ぎに、奥様はまた外出なさいました。ドリスという名の女性と会っています。ドリスが双子の子持ちだと言うのをうちの者が聞いております」

おれは溜め息をついた。

「ふたりは映画を見に行き、十一時三十分にそこを出ました」

映画のタイトルを訊くつもりはなかった。「それだけか？」

「そうです。奥様は十一時五十六分に帰宅されました。映画のタイトルは——」

おれは電話を切り、ウィスキーのソーダ割りを作った。

タイム・マシンなんて考えは荒唐無稽《こうとうむけい》だった。だがほんとうにそう言い切れるのか？　おれたちはみな、四次元が存在すると知っている。そして未来の宇宙旅行者は、現在の時間の観念では物理的に到達不可能な惑星に到達するために、いつかは空間の歪《ひず》みを利用しなければならないだろう。

ダイアナがマニキュア道具を持って部屋に入ってきた。「考えごとのようね」

「いろいろ考えなければならんことがあってな」

「ここに来たあの人と関係があること？　あの発明家って人と？」

おれはウィスキーをひと口飲んだ。「あいつのタイム・マシンがほんものだと言ったらどうする？」

ダイアナは爪《つめ》の手入れを始めた。「あなた、丸めこまれたりしてないわよね？」

妻の傍にある壜のひとつに、〈サマー・ローズ〉という名がついているのに気がついた。「それになんでタイム・マシンなどありっこないと言い切れるんだ？」

「まさか、あの人に説き伏せられたんじゃないでしょうね？」

おれは少しムキになった。「そうかもしれんぞ」

妻は微笑んだ。「あの人、あなたにお金をせびったの？」

おれは妻が除光液を使うのを見ていた。「タイム・マシンはいくらの値打ちがあると思う？」

ダイアナは眉を吊《つ》り上げた。

おれは片手を挙げて機先を制した。「そういうものがあると仮定しての話さ。おまえだったら、いくら払う？」

妻はためつすがめつ爪を眺めた。「たぶん、千か二千てとこね。面白い玩具《おもちゃ》かもしれないわ」

「玩具？」おれは笑った。「おいおい、そいつが途方もなく重要だってことに気がつかんのか？　過去へ行って、どんな秘密だって嗅ぎ出せるんだぞ」

ダイアナは一瞬目を上げた。「ちょっとした恐喝《きょうかつ》でもやろうって言うの？」

「ダイアナ、ちょっとした恐喝じゃなく、大がかりな恐喝、二倍にも四倍にもなる恐喝さ。国家機密だって探り出せるんだぞ。それを政府に——どこの政府にでも——何百万ドルもの値で売りつけることができるんだ。どんな重要会議をしている部屋にだって入れる。厳重に隔離された研究室にだって……」

妻はふたたび顔を上げた。「そんな機械を手に入れたとして、あなたがしたいのはそういうこと？　タイム・マシンを恐喝に使うの？」

調子に乗り過ぎた。おれは微笑んだ。「ちょっと空想にふけっていただけだよ」

妻の目はおれの胸中を見抜いているみたいだった。「バカなことはしないでね」

「おまえ、おれは世界一慎重な男だぞ」

あと三十分はシップラーから連絡はないものと判断し、郵便局に出向いた。

スペンダーから手紙が来ていた。おれがアトウッドの代わりにターリーを殺したことに、ひどく失望したと書いてあった。ターリーとは何度もゴルフをした仲だと言い、その死を惜しんでいた。スペンダーはまた、一万五千ドルを返すか、仕事を完遂するようにと言っていた。

シップラーは三時三十分に電話してきた。

「ふたつのナンバーは同じ人物のものでしたよ。ヘンリー・プルーイットという人物です。ウェスト・ヘドリー二三四九番地に住んでます。この街のね」

その晩十時まで待ち、懐中電灯と巻尺、それに壁の金庫から出した特別な鍵を束ねたキーホルダーを持って、自分の車へと向かった。

ヘンリーの家は街でも人家のまばらな一画にあった――家の両脇は空き地になっている。二階建ての建物だが、比較的小さかった。路地の脇にガレージが建っていた。

おれは車を家から百フィート離れた通りに停めて、葉巻に火をつけた。十一時にリビングの灯りが消え、それから少し経つと今度は二階の寝室とおぼしきところに灯りがついた。

十分後、その灯りも消えた。

もう三十分待ち、そのあとガラクタの散乱した空き地を通ってガレージへ向かった。そこは元はありふれた車二台分のガレージだった。だが今は左側のドアは頑丈なコンクリート・ブロックの壁に変わっていた。右側の部分をのぞくことはできなかった。なぜかというと、前に気がついたように、窓がベニヤ板で覆われていたからだ。ヘンリーがこれで自分の発明の秘密を絶対に守れると思っているのは明らかだった。

おれはガレージの外側の、高さ、幅、奥行きを測った。それからキーホルダーをポケットから出して、いくつか試したあと、ドアを開けることに成功した。中に足を踏み入れ、後ろ手にドアを閉め、持ってきた懐中電灯をつけた。

そう、おれがその日の日中に来たのは、この場所だった——壁に四組のナンバープレートが釘で打ち付けてあり、奥に作業台があり、そして左手にタイム・マシンに通じるドアがある。

頭上の灯りをつけた。

隣の部屋に通じるドアにも鍵がかかっていたが、おれにとっては何の問題もなかった。いくぶん危ぶみながら、おれは灯りをつけた。

よし、あったぞ。タイム・マシンだ！

一瞬、盗もうかという考えが頭をよぎった。だがそのあと、ヘンリーが操縦装置の一部を持っていることを思い出した。おまけに、どうやって部屋の外に運び出したらいいんだ？　戸口が小さすぎるのは一目瞭然だった。

そう考えると、ヘンリーはどうやってこのマシンを部屋に入れたのだろう？

その点をとっくりと考え、部品の状態で運び入れ、中で組み立てたに違いないという結論に達した。

ほんとうに気になっていたのは、昼間、あいつがどうやってタイム・マシンを部屋の外に出したのか、ということだった。

それを探り出すために、ここに来たのだ。

まず手始めに壁を調べた。四面全部がコンクリート・ブロックで、蟻の這い出る隙《すき》もない。おれはその部屋とガレージ内部全体の寸法を測った。計算によると、どこにも秘密の仕切りも、隠し部屋もなかった。通風孔の格子も徹底的に調べた。ゆるみがないか、ゆすってみたが、格子はしっかりとネジで固定され、かなりの時間と労力をかけずに取りはずすことはできなかった。床も調べた。コンクリートで固められており、傷ひとつなかった。

もうひとつ考えられる場所があった。天井だ。おそらくヘンリーは何らかの装置——巻き上げ機——を持っていて、それでマシンを天井の隙間にすばやくしまい込んだのではあるまいか。

隣の部屋から梯子《はしご》を持ってくると、おれはくまなく天井を調べた。漆喰は古く、ちょっと煤《すす》けてはいたが、天井裏の秘密の空間に通じていそうな割れ目などひとつもなかった。

おれは梯子を降り、自分が震えているのに気づいた。

この部屋から外に出る方法など考えられなかった。何ひとつ。

タイム・マシンをおいてほかには！

腑抜けた状態から立ち直るのに十分かかった。それから灯りを消し、ふたつのドアに鍵をかけてその場を後にした。

翌朝から、貯えを現金に換えはじめた。

午後、シップラーが電話してきて、その日の報告をした。「ミセス・リーヴズは昨日の午後二時にあのドリスの家のカード・パーティに参加しました。ドリスの姓がわかりましたよ。ウィーヴァーというんです。双子の名前は――」

「やかましい！　クソったれな双子の名前なんぞ、知ったことか！」

「すみません。奥様はそこを四時三十六分に出ました。スーパーマーケットに立ち寄り、ラム・チョップを四切れと二ポンドの――」

「女房は料理人のために買い物をしたんだろうが！」おれは怒鳴り散らした。「何か重要なことはないのか？」

「じっさい、重要なことはないようでして」

「では請求書をまわしてくれ。もうおまえは用済みだ」

「ええ、それでよろしければ」シップラーの声は明るかった。「結論はおわかりですね。おめでとうございます」

「めでたい？　何がだ？」

「ですから、その、奥様が……この度は、すなわち……お身持ちがよろしくて」

おれは電話を切った。

そうだ、シップラーが必要になることはもうないだろう。ダイアナについて何か探り出したいと思えば、すぐに自分で探り出せる。

おれはヘンリーのことを考えた。あいつなら間違いなく別のタイム・マシンを作れるだろう。だが、そうはさせるか。おれの計画を実行するためには、マシンを独占する必要があった。ヘンリーは消さねばならん。マシンを手に入れたあと、始末をつけるつもりだった。

その週末、現金で二十五万ドルの用意ができた。ヘンリーに電話したい誘惑に駆られたが、もし正体を突き止められたと知ったら、やつがすっかり怖《お》じ気《け》づいてしまう恐れがあった。

また堪えがたいほど長い三日間が過ぎ、ようやくヘンリーが呼び鈴を鳴らした。

おれはすばやくやつを中に引き入れた。「金はある。耳を揃《そろ》えてな」

ヘンリーは耳をこすった。「マシンを売るべきかどうか、実はよくわからないのです」

おれはやつをにらみつけた。「二十五万ドルだぞ。おれがこの世で持ってるありったけの金だ。これ以上、びた一文も払わんぞ」

「お金の問題じゃないんです。ただ、マシンを手放してしまっていいものかどうか、わからなくて」

おれはスーツケースを開けた。「見ろ、ヘンリー。二十五万ドルだ。これだけの金で何が買えるかわかるか？　あんたは何十台だってタイム・マシンをこしらえることができるんだ。黄金張りにすることだってできる。宝石で飾り付けることだってできるんだぞ」

ヘンリーはなおもためらっていた。

「ヘンリー」おれの口調はきつくなった。「おれたちは取り引きをしたんだ、そうだな？　今さら後には引けんぞ」

ヘンリーはついに溜め息をついた。「わかってます。でもまだ間違ったことをしようとしているような気がするんですよ」

おれは揉《も》み手《て》をした。「さあ、おれの車で行こう。おれを目隠しして、あんたが運転してくれていいぞ」

「目隠しはもう必要ありませんよ」ヘンリーはむっつりと言った。「タイム・マシンを手に入れさえすれば、どっちみち、わたしがどこの誰かなんて、調べ出すことができますからね」

確かにそのとおりだった。ヘンリーの命運は決まっていた。

「でも、身体検査はさせていただきますよ」

ヘンリーのガレージまでの道程《みちのり》は果てしなく続くように思われた。だがついにおれたちは中に入った。ヘンリーは隣の部屋の鍵を開けるのに、もたもたと手間どった。鍵をひったくって自分で開けたいという衝動を、おれはやっとのことで抑えた。

ついにヘンリーはドアを開け、頭上の灯りのスイッチを入れた。

マシンはそこにあった。美しく、光り輝いて。そして今やおれのものだ。

ヘンリーはポケットから大事な操縦装置の部品を取り出し、元の場所に取り付けた。そして胸ポケットから一枚の紙を取り出した。「これが説明書です。この紙を失くさないでくださいね。さもないと時間の狭間《はざま》に取り残されてしまうかもしれませんよ。もっといいのは、暗記することです」

おれはやつの手からその紙を受け取った。

「最初の一回では、お望みの日にちゃんと行き着けないかもしれません。なぜなら、暦が変わっているからです。その上、五百年以上遡ると、歴史にはあらゆる種類の間違いがあることがわかるでしょう。しかし、おおまかにその時間に近づいて、それから正確に目標を定めるために、ここにある微調整装置《ファイン・チューナー》を使えば――」

「ぐだぐだ言ってないで、ここから出ていけ！」おれはぴしゃりと言った。「人並みに説明書ぐらい読めるさ」

ヘンリーはちょっとむっとしたが、部屋を出ていき、ドアを閉めた。

おれは椅子に坐り、タイプで打った説明書を読んだ。ばかばかしいほど簡単だった。だがもう一度読み返し、それから紙をポケットにしまった。

さて、どこへ行こう？

おれは操縦盤をじっと見つめた。

そうだ、決めたぞ。ローウェル家の大晦日《おおみそか》のパーティだ。十時三十分にダイアナが姿を消し、年が明けて一九六〇年の午前二時まで見つからなかった時だ。いなくなったことについて、納得のいく説明をダイアナはしていないのだ。

時間と方向の調節つまみを合わせる。この地点からローウェルの家までの正確な距離はわからなかったが、いったん出発してしまえば、走行距離ダイヤルのすぐ下にあるファイン・チューナーが使えるようになるだろう。

おれはちょっとためらい、深呼吸をひとつした。それから赤いボタンを押した。

そして待った。

何も起こらなかった。

眉をひそめ、もう一度ボタンを押す。

何も起こらない。

ポケットから紙切れを取り出し、あせってもう一度説明書を読む。間違ったことはしていない。

そしてその時、悟った。全部ひっくるめて、いかさまだったのだ！

おれは椅子から飛び降り、ドアに向かって走った。

鍵がかかっていた。

こぶしを打ちつけながら、ヘンリーの名前を呼ぶ。声が嗄《か》れるまで、毒づき、わめき続けた。

ドアは閉ざされたままだった。

何とか自制心を働かせ、おれはタイム・マシンへと走った。椅子に取りつけられた配管の一部をひねってもぎとり、ドアの前に戻る。

そのパイプはアルミニウム製で、いやに軽く、すぐに曲がった。ドアの蝶番《ちょうつがい》をこじ開けて、どうにか部屋から出るまでに四十五分以上かかった。

車のフロントガラスのワイパーの下に、一通の封筒があるのを見つけ、封を破った。タイプで打ったその手紙は、もちろん、おれに宛てたものだった。

親愛なるリーヴズ様

そうです。あなたはまんまと一杯食わされたのです。タイム・マシンなんてものはありません。

筋の通った説明を求めて怒りくるうあなたをほったらかしにして、ここでおしまいにすることもできたでしょう。でもそうするつもりはありません。わたしはこのささやかな計画をたいへん誇りに思っておりまして、目の高い観客の注目を浴びたいのです。

あなたなら観客として申し分ないと思います。

わたしはいかにして、あなたの最近の四件の殺人について、興味深い一部始終を知ることができたのでしょうか?

その場にいたのです。

もちろん、タイム・マシンに乗っていたわけではありません。

あなたとの家庭生活へとダイアナを惹きつけたものが、あなたの上品さでも魅力でもないことは、きっとお気づきのことでしょう。彼女はあなたの金目当てで結婚したのです――あなたはご自分が金持ちだとほのめかしていましたからね。

しかし、あなたはその財産の規模や財源については、おそろしく口が重かった――はぐらかされればはぐらかされるほど、間違いなく、女性は狂おしいまでの好奇心を掻《か》き立てられるものです。とりわけ、ダイアナのような女性はね。

彼女はあなたに尾行をつけました。そのために私立探偵を雇いました。シップラーとか、そんな名前だったと思います。彼らの調査は実に徹底したもので、強くお薦めいたしますよ。

あなたが殺人を行なうにあたり、尾行されている時を選ばなかったのは、あなたにとって――そして今となっては、もちろん、ダイアナとわたしにとって――幸運としか言いようがありません。しかし尾行はあなたに仕事が入っていない間で、それほど長かったわけではありません。一週間でした。

あなたの行動に関する報告は月並みなものでした。しかしダイアナはそこに含まれていたひとつのこと、あなたが毎日繰り返す些細《ささい》なことに目をつけたのです。そして些細なことというのは非常に重要です。

毎日、あなたは中央郵便局の私書箱に行きました。

さて、なぜあなたに私書箱が必要なのだろう？　ダイアナは疑問を抱きました。つまり、あなたには自宅の住所があり、普通の郵便ならそれで充分なはずです。

普通の郵便ならば。そこです。これは普通の郵便のためのものではありませんでした。

あなたが眠っている間に私書箱の鍵の型を取り、自分で使う複製を作るのはダイアナにとってはわけもないことでした。

彼女は毎朝あなたの私書箱に通うようになりました——あなたが行くのは午後です。彼女は手紙を見つけるといつも、それを持ち出し、蒸気を当てて開封し、中身を読んで、あなたが同じ日に取りにいくのに充分間に合うように、私書箱に戻しました。

　そのようなわけで、おわかりでしょうが、ダイアナは殺人の取り引きを詳細に知ることができました。いつ殺人が行なわれる予定なのか、どこで起こるのか。それで、わたしはその場に早めに行って身を隠し、あなたの仕事を見ることができたのです。

　そうです。わたしたちはだいぶ前からの知り合いです——慎重に逢《あ》っておりました。用心の上にも用心を重ねました。ダイアナはテレンス・ライリーという男のこと、彼がふっつりと消息を絶ったことを憶えています。そしてさらなる用心のため——あと少しで二十五万ドルが手に入るというところで、何ものにも邪魔されたくありませんでしたから——わたしたちはここひと月近く逢っておりません。

わたしたちの最初の計画はただの脅迫でした。しかしそこでも、危険性という問題が持ち上がりました。わたしはどれくらいの期間あなたを脅迫して、うまく切り上げたらいいのでしょう？

そこで、ただの一撃で、あなたの有り金全部をいただくことにしたのです。あなたがこれを読んでいる今この時にも、ダイアナとわたしはあなたからどんどん遠ざかっています。世界は広いのですよ、リーヴズさん。あなたにはわたしたちを見つけ出すことはできないと思います。タイム・マシンでもなければね。

さて、どうやってわたしがタイム・マシンを操ったかって？

あれは念の入ったでっちあげでした。でも二十五万ドルがかかっているのです。いきおい念入りにもなろうってものです。

十日前、あなたがわたしとタイム・マシンを残して出ていった時、わたしは部屋の上に隠しておいたふたつの装置を作動させたのです。ひとつは音を、もうひとつは風を作り出す装置です。

それから、すばやくタイム・マシンを折り畳みました。

今では間違いなく、あれがやけに軽かったことにお気づきですね。そしてもう一度見れば、小さく折り畳めるように、たくさんの蝶番が目につかない場所に取り付けられているのに気づくでしょう。

　そのあと、わたしは〝通風孔〟のひとつの格子をはずし、畳んだマシンを壁の向こうの狭い小部屋に押し込み、続いて自分もそこに入り、そのあと格子を元どおりに嵌《は》め込んだのです。

　あなたが部屋に戻ってくるのは見ていました。そしてたった三十秒しか驚くひまを与えず、ふたたび音と風を作り出す機械を作動させたのです。あなたに知恵をめぐらし、部屋を調べてほしくありませんでしたからね。

　あなたが部屋を出ると、わたしはただ、隠れ場所から這《は》い出して、マシンを広げただけです。

　けっこう独創的だと思いますが、いかがでしょう?

　しかし、そんなことは不可能だ、とおっしゃいますか? たとえ畳んであっても、タイム・マシンとそれからわたしを隠すような場所はない、と? 部屋は完全に出口なしだと? それはご自分で調査済みで、首を賭《か》けてもいいと?

　そのとおりです、リーヴズさん。ここには隠れる余地はありません。この部屋は密室です。

　しかし、実はですね、ガレージはふたつあるのです。

最初のガレージ、目隠しをしたあなたをお連れした方は、実はここから数マイル離れたところにあります。同じ型の建物――この地域に何千も建っている標準的なタイプのもの――で、わたしはたいそう骨を折って、あなたが現在いらっしゃるのとまったく同じガレージを作り上げたのです――作業台に置いてある道具から、壁に立てかけてある梯子の位置まで同じにして。

これらのガレージは瓜《うり》ふたつです――いくつか例外はありますがね。一方のガレージのタイム・マシンを置いた部屋は、もう一方よりほんの少し小さめです――隠れ場所を作れるように――そして音と風の機械が庇《ひさし》の下に据え付けられています。通風孔について言えば、わたしが隠れ場所に入るために使った一箇所を除いて、みんな実際に送風装置になっています。

あなたをお宅に送り届けたあと、わたしは戻ってタイム・マシンを梱包し、壁のナンバープレートを取りはずして、ここへ持ってきました。

あのナンバープレートですか？

あなたは賢い人です、リーヴズさん。その賢さを逆手に取らせていただきました。あれはわざと壁の目立つ場所に釘で打ち付けておいたのです。あなたがそれを利用して、わたしの居場所を探し出すだろうという明確な期待を込めて――ただし、この場所を、です。

あなたにはこちらのガレージを調べていただきたかった。タイム・マシンがほんものに間違いないと、完全に納得していただきたかったのです。家の灯りを消したあと、わたしは隣の空き地にいて、あなたのようすを見守っていました。わたしは、もちろん、ヘンリー・プルーイットではありません。そのナンバープレートはこの家に以前住んでいた人のものです。

しかしながら、この手紙のためにそう名乗っておきましょう、深い感謝を込めて、

あなたのしもべ
ヘンリー・プルーイット

おれは手紙をびりびりに引き裂き、作業台から金槌《かなづち》をひっつかんだ。タイム・マシンをこなごなに壊しながら、おぞましい考えが湧《わ》いてくるのを禁じ得なかった。ひょっとして、今まさにこの瞬間、ほんもののタイム・マシンに乗った誰かがこの部屋にいて、おれを見ているのではないか。

そして、腹を抱えて笑っているのではないか。

ルーレット必勝法

好野理恵訳

朝の五時ちょっと過ぎにハリー・オコナーがオフィスにやってきたので、おれはカジノクラブの仕事を彼に引き継いだ。

ハリーは葉巻に火をつけた。「調子はどうだい？」

「特にこともなしだ。いつもの晩と同じだよ」おれは自分の卓上カレンダーにつけたメモに目を走らせた。「今日のうちに修理屋を呼んでくれ。二十五セント用スロット・マシンが一台、イカレてる」

ハリーは首を振った。「連中ときたら、どんな使い方をしてるのかね。ただ二十五セント玉を入れ、レバーを引いて、輪っかがまわるのを見てりゃいいだけの話なんだが、それでも機械をぶっ壊しちまうとはな」

おれはベネチアン・ブラインドを開けた。空は明るみはじめている。「日中、ちょっと立ち寄るかもしれん。だが当てにはしないでくれ」

おれはオフィスを出て、広い賭博室《とばくしつ》に降りていった。ルーレット・テーブルではまだちょっとした勝負が行なわれていたが、ブラックジャックはほとんど終わっていた。みな青白く疲れた顔をしている。客たちはもう勝ちが続くことなど期待してはいなかった。機械的に賭《か》け、最後に残ったひと握りのチップが無くなるのを待っているのだ。そうすれば帰って床《とこ》につける。スロット・マシンの客さえ半分眠っていた。

夜番のフロア・マネージャーのピートに会釈して別れを告げ、表に出た。通りの両側に並んだ巨大なネオン・サインが朝陽の中で薄ぼんやりと灯《とも》っていた。じきネオンは消えるだろう。だがそれは店が閉まるという意味ではない。おれの店同様、どこも二十四時間営業なのだ。

市警のパトカーが一台、歩道脇《わき》に停《と》まり、フレッド・オマーが出てきた。制服はよれよれ、ガンベルトは腹の下にずり下がっている。フレッドはあくびをひとつした。

「何ごとだい、マット？　無線でここに来るように言われたが」

おれは自分のクラブを振り返った。「おれは呼んでないぞ。万事平和なもんさ」

小柄な男がひとり、店からあわてて走り出てきた。ちょこまかした、すばやい足取りで、男はオマーの元へ駆け寄った。「エドワード・シボーグと言います」せっぱつまったような早口で男は言った。「わたしが電話したんです。ホテルまで送ってほしいんです」

オマーはじろじろと男を見て、顔をしかめた。「おかけ間違いのようですな。うちは警察で、タクシー会社じゃありませんよ」

小男はいらいらと頭を振り動かした。「パトカーを呼んだんですよ。保護を求めます」

おれは煙草《たばこ》を道に投げ棄てた。「何から保護しろと？」

シボーグは縁の太い眼鏡の奥から、胡散《うさん》臭そうにおれを見た。「あんたは？」

おれは店のネオン・サインに向かって親指を上げた。「ビッグ・マットですよ」

男はオマーの方へにじり寄った。

オマーは興味津々という顔をした。「いくらお勝ちになったんですね？」

シボーグは口を引き結んだ。「あんたには関係ないでしょう」

「シボーグさん」とおれは言った。「うちの若い者をふたりばかり、宿までおつけしましょう。無事に送り届けさせますよ」

その申し出は小男にはまったくお気に召さなかった。男は頑《かたく》なに、かぶりを振った。

おれはにやっと笑った。「ねえ、お客さん、おれにとってこの世で何がイヤかって、お客さんが賭けで儲《もう》けた金を取られちまうぐらいイヤなことはないんですよ。あなたはおれの店の歩く広告塔なんですからね。キオカック（アイオワ州南東部の町）でもピオリア（イリノイ州中北部の町）でもどこでも、故郷に戻ってビッグ・マットの店で大金を稼いだと、みんなに触れまわってくださいよ」

　おれはオマーを振り返った。「町の振興発展のためだ、フレッド。送ってやってくれ」

　おれはふたりを見送り、それから店に取って返した。夜番の両替係のジェンキンズが帰り支度をしていた。

「フィル、大勝ちした客はいたか？」

　彼は考え込んだ。「いいえ。わたしが憶《おぼ》えている中じゃ、チップを換金したうち、一番の大口でも二千ぐらいのものでしたよ。どうして？」

「何でもない。ちょっと気になったもんでな」

　外に出ると、おれは車を駐車場から出して大通りを走った。この町では大した通りじゃなかったが、おれの店みたいなのが何軒もあることでその名を知られている。

　新築のハーディング・ホテルの前で車から降りると、大気中に暑い砂漠の陽炎が揺らめいていた。自分のスイートで軽く食事をとり、それからベッドに入った。

　夜八時にクラブに戻った。陽は沈みかけ、それとともに新しい夜の灯と喧騒《けんそう》が生まれていた。客たちは通りを物色してまわっている。自分だけの特別なカジノ、故郷にいる時に本で読んだ、きらびやかで有名なカジノを捜して。

オフィスで、何通かの手紙に目を通し、何枚か慈善用の小切手を切った。その中の一枚は病院の福利厚生基金のためのものだった。それから煙草に火をつけ、賭博室に入ってカモたちのようすを眺め渡した。

客たちは思い思いに着飾っている。カウボーイ・ブーツにハットといういでたちの男もいれば、正装の者あり、スポーツシャツの者ありで、女たちもホールター・ネックのドレス、スラックス、夜会服といろいろだ。退屈している者、希望に満ちあふれている者、熱くなっている者、金のかかるゲームで遊びたがるガキどもだ。

あのシボーグという小男がクラブに入ってきたのに気がついた。二百ドル分のチップを買い、ルーレット・テーブルの方へ歩いていく。熱心に目を輝かせてテーブルの縁をうろつき、時々思いついたように、さっと割り込んでは賭けている。賭けるのはいつも十ドルだった。

午前二時をまわる頃オフィスにいると、ピートがおれの決済を求めて一枚の小切手を持ってきた。

心配そうな顔だった。

「むずかしい顔して、どうした、ピート?」

「たった今、見憶えのある男を見かけたんですよ。昔、東部で知ってたやつなんですけどね。フランク・ドレルって男です」

おれは小切手に頭文字で署名し、ピートに返した。「聞いたこともない名だな」

「知ってる人間はごくわずかですよ。あいつの商売は特殊ですからね」

ピートは壁際に行き、オークの羽目板の一部をずらした。おれは一緒に、賭博室を見渡す小さな窓をのぞいた。

「バーのところにいる、あの男ですよ、マット。今、ジョーから飲み物を受け取った」

フランク・ドレルは髪を短く刈り込んだ、がっしりした男だった。歳の頃は四十代初めと見えた。

「あいつに五千ドル渡せば」とピートは言った。「指さす相手を誰でも消してくれますよ」

おれはにやりと笑った。「挨拶《あいさつ》はしたのかい？」

ピートは首を振り、「まさか。気づかれたくもありませんね」と言うと、もう一度窓をのぞいた。「たぶん、休暇で来てるだけでしょうけど」希望を交えて彼は言った。

夜明け少し前に、シボーグはチップを現金に換えた。おれは歩み寄って、彼が九百ドルの現金を受け取るのを見ていた。「いい夜だったようですね」とおれは声をかけた。

熱した火かき棒で触られでもしたみたいに飛び上がって、彼は金をすばやく財布につめこんだ。

「今日はもういいんですか？」

「ええ」シボーグはあわてて言った。「少し疲れました」

おれはにやりとした。「今夜もまた電話で警察の護衛を？」

ほんの一瞬、目が合った。「もちろんですよ。追い剝《は》ぎや強盗のことは聞き及んでいますからね。金を持った人間は用心しないと」

おれはシボーグと一緒に電話のところへ歩いていった。途中、スロット・マシンの列を通り抜けた。「こいつはお試しで？」

シボーグの唇がひきつり、かすかな冷笑が浮かんだ。「それは調節されてるから」

おれは愛想よくうなずいた。「そのとおり。使われた金のわずかな歩合が店に入るように調節されています」おれはルーレット盤を指さした。「あれだって調節されているんですよ」

シボーグは鋭い目でおれを見た。

おれはにっこりと笑った。「なにも、あくどいことをしているわけじゃありませんよ。そんな必要はないんです。偶然の法則によって調節されているんですからね。長い目で見れば、結局、いつも店が勝つことになっているんです」

シボーグの茶色の目がずるがしこそうに光った。「どうして客にそんなことを言うんです？　客が逃げますよ」

「どっちでも同じことだからですよ。お客様はみんなご存じです。だからと言って、やめたりはしません。偶然の法則のおかげで、一部の人たちが幸運を摑《つか》むことにもなるんです。どのみち一時《いっとき》のことですがね。そしてお客様が望んでいるのはまさにそれなんですよ。幸運が続けば、大金が転がりこみます。店は長い間の平均の勝率が頼りです。少数の幸運な勝者は歓迎ですよ。それで興味を引きつけておけますからね」

おれは笑顔で言った。「もしや、必勝法をお持ちなのでは？」

シボーグの目に用心のとばりがかかった。

おれはにやりと笑った。「ご心配なく。盗んだりしませんよ。じっさい、必勝法なら十通りもお教えできますよ。どれも一時的にはいい結果が出ます」

オマーのパトカーが歩道脇に停まると、おれは小男を送って外に出た。「シボーグさんがつつがなく帰るのを見届けてくれよ、フレッド。ポケットに九百ドル以上お持ちなんだからな。何かあっては困るぞ」

オマーは苦虫を嚙《か》みつぶしたような顔だった。「たいした大物だからね。ホテルまで車で送るだけじゃなく、部屋までついていって、中から鍵《かぎ》をかける音までちゃんと聞き届けねばならんときた」

「つまらんことを言うな」おれは言った。「観光客は神様だぞ。これは公共奉仕と心得ろよ」

シボーグは次の晩も、その次の晩もやってきた。二晩とも七百ドルぐらい勝った。五日めの夜に、ピートとおれはしばらくその賭けっぷりを見ていた。シボーグは、勝つと必ず高笑いをする癖があった。

「ひょっとして、あの男はほんとうに勝てる必勝法を持ってるんじゃないかな」とピート。

おれは肩をすくめた。「どんな必勝法だって、どこかで時々は勝てるさ。運よく確率の法則の曲線と合えばな。だが最後には確率曲線はあっちの方、その方法はそっちの方へと離れていくのさ」

ピートは釈然としない面持ちだった。「でも、ほんとうに究極の必勝法があるとしたら……」

おれは彼の腕をこぶしで軽く叩《たた》いた。「寝ぼけるなよ、ピート。そんなものがあってたまるか」

彼はスロットに注意を向けた。「フランク・ドレルだ」

ドレルは五十セントのマシンで遊んでいた。賭博中毒者に特有の無表情だった。

「平和そのものって感じじゃないか」とおれは言った。

ピートは薄い笑みを浮かべた。「夕刊を読んでませんね。レッド・ジャニッキが町はずれの砂漠で発見されたんですよ。頭に二発、鉛の弾《たま》を撃ち込まれてね」

「それがどうした。そんなやつとは、生きてた時も知り合いじゃなかったぞ」

「その男、シカゴで闇組織の一員だったんですよ」

おれはもう一度ドレルを見た。「やつがその仕事のためにここに送り込まれたと思ってるのか？」

ピートは肩をすくめた。「別に何も思っちゃいませんし、ぼくが何か言ったなんて知られるのは、まっぴらごめんですよ」

シボーグは次の晩もまたやってきた。

フィル・ジェンキンズが午前三時におれを両替所《キャッシャー》の鉄格子の奥に呼び出した。「現金が足りなくなりそうなんです。そうですね、二万ぐらいかな」

おれは耳たぶをこすった。「そんなことはここしばらくなかったが」

ジェンキンズは首を振った。「でも今、起こっているんですよ」

おれは隣の〈ニックズ・カジノ〉へ行った。おれをオフィスに招き入れながら、ニックは白い歯を見せてにやりと笑った。「二万だぁ？　ついてねえな、マット」

「そのようだな、ニック」

ニックは内線電話を取ると、現金を持ってこさせた。

おれはそれを小脇に抱えた。「朝、銀行が開いたら返すよ」

ニックはじっとおれを見た。「なんだか浮かねえ顔だな、マット。そっちでなんか、うまくねえことでもあるのかい？」

おれは煙草を一服した。「さあな」

クラブに戻ると、ピートと一緒にバーに行き、ふたりでシボーグが賭けるさまを見ていた。

勝った時に上げるあの高笑いが、おれをいらつかせはじめていた。「あのチビ、おれたちを破産させる気なのか？」

ピートは渋い顔をした。「あの男自身がどれだけ勝つかじゃなく、ほかのお客たちがどう動くかが問題なんですよ。お客たちはあいつを見ていて、五、六人は便乗して賭けています。それもデカくね。今夜はそれがうちにとって命取りになってるんです」

ピートは酒をひと口飲んだ。「シボーグが必勝法を持っているとしても、複雑すぎてぼくには見極められませんよ。でもその方法で勝っているんでしょうね」

おれたちはシボーグが十ドルのチップを二十四番に置くのを見ていた。ほかに五人の客がそれに続き、千ドルぐらいがその番号に張られた。玉は十六番の溝に入った。

「今度は負けたな」とおれは言った。

ピートはうなずいた。「確かに。でも平均するとあいつに軍配が上がるのは間違いありません。毎晩、金を増やして帰るんですからね。シボーグはほんとうに絶対確実な方法を持ってるって気がしてきましたよ」

夜明け少し前に、シボーグは二千ドル分のチップを換金し、電話をかけた。

おれは彼をパトカーまで送っていった。「またまたツイてましたね、シボーグさん」おどおどした態度はすっかり影をひそめたようだった。「まあ、そう言ってくれてかまわんでしょうな」

おれは白みはじめた空を見上げた。「実にいい休暇をお過ごしになったことと思いますが、じきお帰りになるので？」

「たぶんね」また賭けた番号が当たったかのように、シボーグは高らかに笑った。

その笑い声はおれの神経に障った。「あなた、会計士か簿記係でしょう？　必勝法を持っている人の多くがそのようですね」

彼はずるそうな笑みを浮かべた。「数学の教授ですよ」

パトカーの右側のドアが開いて、ジェド・ウィルキンズがシボーグをもの珍しそうに見た。「オマーから話は聞いてますよ」

シボーグは乗り込みかけて二の足を踏んだ。「あんた、誰だね？　初めて見る顔だぞ」

「大丈夫ですよ、シボーグさん」うんざりしながら、おれは言った。「オマーだって週に七日も働きやしませんからね。ジェドがあなたの無事を見届けてくれますよ」

ハリー・オコナーが午前五時に来て交替したが、おれはクラブに残った。八時にアクメ・マシン・カンパニーに電話をかけ、専門の技術者を何人か呼んだ。

技術者たちが来ると、ルーレット・テーブルに案内した。「これをよく点検してもらいたい」

野球帽をかぶった、そのうちのひとりが指で庇《ひさし》を押し上げた。「これ、全部ですかい？」

おれはうなずいた。「一台一台、とことん調べてくれ。とにかく何でも疑ってかかるんだ」

それからバーに行き、トマト・ジュースを一杯飲んだ。

ハリーがやってきた。「ルーレット盤に何か問題でも？」

「それを見つけ出すつもりだよ」

おれたちは掃除婦たちが、こんな朝方まで居残っているわずかな客の周りを避けて、フロアにモップをかけるのを見ていた。

「そのチビの話は聞いたよ」とハリーは言った。「ピートはそいつがほんものの必勝法を持っていると思ってるぜ」

「持っているもんか」おれはぴしゃりと言った。

ハリーはにやりと笑った。「たぶんな。だが、調べを入れさせるほどあんたを心配させてる」

技術者たちはひとつひとつルーレット盤をはずし、裏の部屋へ持っていって調べた。昼過ぎに点検は終わった。野球帽の男が両手をぼろ布で拭《ふ》いた。「どれも問題ありませんね。ピンも鉛も鉄も見つからなかったし、傾いてもいないし、歪《ゆが》みも穴もありません。摩擦を少なくすれば、永久にだってまわってますよ」

金を払って技術者たちを帰し、おれは強い酒を飲んだ。バーの鏡に映った自分の顔をにらみつける。「ディーラーたちを調べるってのはどうかな、ハリー？」

彼はあきれたような顔をした。「あんたが考えてるようなことを、おれは夢にも考えたことはないね。長いこと一緒にやってきたんだ、百パーセント信用できるさ。あいつらはおかしな真似はしないよ」

おれはいらいらと額をこすった。「シボーグが完全無欠の必勝法を持っているはずはないんだ。そんなことはありえない」

ハリーは考え込んだ。「なんでありえないんだ、マット？　あんたがそうあってほしくないからか？」

その晩、バーにいるおれのところへピートがやってきた。顔が蒼《あお》ざめていた。

「今度はどうした？」

彼はごくりと唾《つば》を呑《の》み込んだ。「シボーグがたった今、四千ドル分のチップを買ったんです。十ドルじゃなく、百ドルずつ賭けてますよ」

おれの声は怒気を帯びた。「やつは負けるさ。必ずな。幸運は永遠に続くもんじゃない」

だがあの小男は負けなかった。おれは彼が七千ドル分のチップを換金するのを見ていた。

オマーのパトカーが道端に駐車しているのが見えた。堪忍袋の緒がついに切れ、おれは大またで表へ出た。「どうした、オマー？ もう電話も待たんのか？」

彼はウィンクした。「シボーグと契約を結んだんだ。チップをはずんでくれるんでね」

シボーグがクラブの外に出てくると、オマーはパトカーのドアを開けてやった。おれはふたりの車が通りを走り去り、角を曲がるのを見送った。

今夜は三千の儲けか、とおれはいらだちながら思った。おそらく、明日はもっと儲けるだろう。そして次の日も、またその次の日も。シボーグがほんとうに何か持っているとすれば……。

おれは踵《きびす》を返すと、クラブの中に戻った。「いいか、ピート」とおれは嚙みつくように言った。「おまえは必勝法についちゃ専門家だ。なんでおれが今夜はニックの店に金を借りに行かなくてよかったのか、説明してくれんか？」

ピートは気を悪くしたようだった。「ぼくに八つ当たりしないでくださいよ、マット。ぼくは生まれてこの方、自分が必勝法の専門家だなんて言ったことはありませんよ」彼は考え込みながら、顎《あご》をさすった。「ぼくが見るところでは、シボーグの尻馬に乗って賭けたお客が、今回は全部の賭けに乗ったわけじゃなかったからですよ。シボーグが何度か負けると、お客たちは恐がって賭けるのをやめます。でも必勝法を使うからには、逐一手順を踏んで、いつでも同じ金額を賭け続けなくちゃダメなんです。そうしないと、勝ちの番号を全部のがして、はずればかりが続くことにもなりかねませんからね」

ピートは自分で確認するかのようにうなずいた。「起こったのはそういうことです。そしてわれわれはラッキーでした。今夜はシボーグの番号に数千ドル張られた時、店が勝ったんですからね。わずかな取り巻きたちが恐くなって、シボーグの番号に数百ドルしか張らなかった時に、あいつが勝ったんです。シボーグ本人には何の違いもありません。常にきっちり同じ額を賭けていますからね。シボーグにはその晩、総計でどれだけ儲けたかにしか興味がないんですよ」

ピートは溜め息をついた。「われわれがいつでもそんなにツイているとは限りませんよ、マット。ひとたびお客たちが常にあいつに乗って賭けるようになったら、うちは閉店必至ですよ。デカく張れば、シボーグひとりでもわれわれをそこまで追い込めます」

その晩もシボーグはやってきて、今度は六千ドル分のチップで賭けはじめた。

おれはバーへ行った。ピートはバーの鏡越しにシボーグが賭けるようすを見ながら坐《すわ》っていた。目を半分閉じて、前に紙と鉛筆を置いている。

「給料を払ってるんだ、仕事しろよ」おれは食ってかかった。

ピートはむっとした顔をした。「今、やってますよ」

おれはバーを離れ、フランク・ドレルがスロット・マシンの前にいるのに気がついた。

煙草に火をつけ、ふたたびシボーグに注意を向けた。やつは十二番に二百ドルを置いた。すると、あちこちから金がそこに山と積まれた。見たところ、三千ドルはありそうだった。

ルーレット盤がまわる時、身の内に緊張が走るのを感じた。

玉は十二番に止まった。

シボーグは貪欲《どんよく》な指で儲けをかき集めた。部屋をはさんで目が合った。やつは声高らかに笑った。

それで心は決まった。

おれはシボーグの視線がルーレット盤に戻るのを待ち、それからフランク・ドレルに歩み寄った。

ドレルは顔を上げなかった。五十セント玉をもう一枚スロットに入れ、レバーを引いた。

スロットが金を呑み込むのを待って、おれは声をかけた。「ドレルさんだね?」

男はじろりとおれを見た。「おれの名前を知ってるのか。何か頼みがあるんだな?」

おれはうなずいた。「オフィスに行きましょう」

明け方近くに、シボーグはチップを換金し、おれのところにやってきた。彼は葉巻を燻《くゆ》らせていた。全然似合っちゃいなかったが、うまそうに吸いながらこう切り出した。「お話があるんですよ。内密にね」

おれはシボーグをオフィスに通し、ドアを閉めた。

シボーグは腰をおろし、足を組み、葉巻の灰をカーペットの上にはたき落とした。

「今夜は四千勝ちましたよ」

おれは何も言わなかった。

彼は満足げな笑みを浮かべた。「そう。わたしはほんとうに有効な必勝法を持っているのです。生涯をかけて、さまざまな状況下における確率の法則を研究しましてね。わたしの必勝法は絶対確実ですよ」笑みがさらに広がった。「ルーレット盤に小細工がなければ、の話ですがね。あなたの店のように」

おれはシボーグをにらみつけた。

彼は手を振った。「わたしは何百もの必勝法を研究してきまして、その欠陥を知り尽くしています。どれも迷信と運に基づいた願望に過ぎません。しかし、わたしが開発した方法は違います」シボーグはふたたび笑った。「純粋な、万古不変の数学ですからね」

値踏みするような目で、シボーグは部屋を見まわした。「ものの数週間で、この店を自分のものにすることだってできますよ。しかし、わたしが考えているのはそんなものではありません」

「そうですか」おれはやんわりと言った。「で、あなたがお考えのものとは」

シボーグは葉巻を味わった。「現金一万五千ドルです。それから週に千ドルずつ。今後無期限に」

おれは机の上に広げた自分の両手を見た。「それでこっちは何の得があるんですかね？」

シボーグの暗褐色の目がおれの目をひたと見据えた。「見返りに、わたしは二度とふたたびこの店に足を踏み入れないとお約束しましょう」

おれは深く息を吸った。「ずいぶんお安い勘定ですな？　おっしゃるとおり、あなたはこの店を乗っ取ることだってできるのに」

シボーグは首を振った。「別の考えがあるのです」

おれはやつの顔を三十秒間見つめ、それからその考えが何なのか、わかったと思った。「通りに沿っていくんだな？　カジノからカジノへと渡り歩く気だろう？」

シボーグは笑みを湛《たた》えたまま言った。「でも手始めに、この店のカタをつけないとね」

「すると最初の年は六万七千になる」とおれは言った。

彼はうなずいた。「大金です。でも死にはしませんよ」

高すぎてとても払えない。頭の中に必勝法を仕込んだ小男に、このビッグ・マットが払うには高すぎる。

おそらくシボーグはおれの顔色を読んだのだろう。

「さもなくば、あなたを破産させるまでのことです」と突き放すように言った。

あやうく口元がゆるみそうになった。あんたと議論する気はないんだ、お客さん、とおれは腹の中で思った。何だって約束してやるさ。あんたにとってもおれにとっても大した問題じゃない。

だがおれは厳しい顔を保ち、ようやく言った。「わかりました。こっちにはほかにどうにも手の打ちようがありませんな」

小男は一万五千ドルを上着のポケットに入れると、紙切れに住所を書きつけた。

「ここへ毎週千ドル郵送してください。遅れのないように」

おれは表の通りまでシボーグを送っていった。最後まで見届けなければならなかった。

パトカーが待っていた。

シボーグが右側のドアを開けた。「まさかオマーがまた夜勤を休んだんじゃないだろうね」

運転席に坐るのはフランク・ドレルだった。帽子はぴったりだったが、制服は胸のあたりが少しきつそうだった。彼は振り向いた。「ああ、オマーは急病でね」

シボーグは車に乗り込み、発進する時、手を振った。

おれはクラブに取って返した。ピートはまだバーにいて、額に皺《しわ》を寄せて紙とにらめっこしていた。

「まだやってるのか？」

彼は額をこすった。「終わりました。でも、出た結果の意味がわからないんです」

おれは肩を軽く叩いた。「頑張ってくれ」

彼はおれの顔を見た。「ご機嫌が直りましたね」

おれはオフィスに入り、炭酸水で割って酒を作った。

十分ぐらい経ってからピートが入ってきた。「今日もニックの店に出向いて金を借りなくてもよかったんですよね？」

そのことに思い至り、おれはいささか驚いた。「そうだな。今夜も運がよかったんだろう」

ピートは薄く笑みを浮かべた。「かもしれませんね」そしてポケットから一枚の紙を取り出した。さっきおれが見た時、取り組んでいたものだ。「ただ、わからないんですよ、マット」

「何がわからないって？」

「シボーグっていう、あのチビのやることが」

おれは肩をすくめた。「やつは必勝法を持っているんだ。それだけさ」

ピートは首を振った。「持っているとしても、効果のある方法じゃありませんよ」

おれは彼を見つめた。「どういう意味だ？」

「つまりこうです」とピートは言った。「あいつの必勝法ってやつを割り出そうと、ぼくは昨夜から今朝にかけて、あいつがやった賭けを全部見てたんです。ツイてなくて、そっちはわかりませんでした。でもほかのことに気がつきました」

「ほかのことだと？」おれは即座に訊いた。

ピートは落ち着かないようすだった。「シボーグは千二百ドルぐらい、すってたんです」

おれは机に身を乗り出した。「あいつは六千ドル分のチップで賭けはじめて、一万換金したんだ。なのに、あいつがすったって言うのか?」

ピートは申し訳なさそうな笑みを浮かべた。「そうなんですよ。一万ドル分のチップを換金したかもしれませんが、実際には千二百ドル負けてるんです」

ピートはなおも弱々しい笑みを浮かべておれを見た。「何が起こったかはわかるんですけど、なぜなのかがわからないんです。さっきも言いましたけど、ぼくはシボーグの一挙一動を見てました。そしてそうするうちに、別の男が時々シボーグの隣に来ることにも気がついたんです」

おれは続きを待った。

ピートは話を続けた。「見た目は普通の男でした。先週あたりから店で見かける顔です」彼は言いよどんだ。「最初、ぼくはその男がシボーグのポケットからチップを掏《す》ろうとしているんだと思いました」

ピートはそわそわと落ち着かなかった。「でもそうじゃなかった。実際には、そいつはシボーグのポケットにチップを滑りこませていたんです」

おれはピートをにらみつけた。「そりゃ、どういう与太話だ?」

ピートは情けなさそうな顔をした。「気ちがいじみてるのはわかってますよ。でも、ほんとなんです。一時間ぐらいの間をおいて、その男は両替所からチップをどっさり買い込んじゃ、シボーグの傍にそっと寄っていくんです。誰も見ていないと思った時、男はチップをシボーグのポケットに滑りこませるんですよ。そしてシボーグには、それは珍しいことでもなんでもなかったんです。時々お互いに目を見交わしていたようすで、それはわかりました。まるで合図でも送っているみたいな感じでね」

ピートはかぶりを振った。「ぼくにはさっぱりわかりませんよ。どうして勝ってもいないのに、あいつらはシボーグが勝っているとわれわれに思わせたかったんでしょう？　何が狙いなんでしょうかね？」

おれにはその狙いがわかった。今やおれはすべてを諒解した。

やつらはふたりで組んで、ひと芝居打ったのだ。おそらく元手は一万か一万五千。ひとりは完全に裏方にまわり、ひとりが人目を引く。そいつは毎朝、警察の護衛をつけて帰る。勝った時には派手に騒いで、しょっちゅう勝っているかのように印象づける。そいつは数学の教授と名乗る。必勝法を持っている、と。

そしてそいつは、恐怖の中で自分の考えの甘さを思い知るのだ。

おれは静かに自分を罵《ののし》った。

ピートがびっくりした。「喜んでいいんですよ、マット。あなたの言ったとおり、あいつが必勝法なんてなかったんだ。心配することはなかったんですよ。ほんとうにあいつがツイていたのは一晩だけだと思います。あなたがニックの店に金を借りに行かなければならなかった時です。あいつの必勝法が功を奏したのは、あの時だけですよ。必勝法なんて持っていたとしての話ですけどね」

おれは酒壜を置いたキャビネットの前に行き、酒を作った。

「足繁くここに通っていれば、一晩くらいはツキが続く日だってあったはずです」ピートは言った。「でも長い目で見れば、あいつはすっからかんになったでしょう。あいつの尻馬に乗って賭けていた連中もご同様ですよ。大した必勝法だ！」

三十分後、ピートとおれは階下の賭博室にいた。そこへ、おれと交替するために、ハリー・オコナーが店に入ってきた。

「あのシボーグとかいうチビのことはもう心配しなくていいぞ」と彼は言った。ピートはがっかりしたようだった。「あなたも見破ったんですか？」

だがハリーが話していたのは別のことだった。「シボーグは死んだよ。鉛の弾を三発食らってな」

それはけっこう、とおれは苦々しい気分で思った。少なくとも、おれの打った手は功を奏したのだ。

ハリーは葉巻に火をつけた。「殺したやつも捕まったよ。フランク・ドレルとかいう男だ」

おれは悪寒《おかん》が身体を這《は》い上ってくるのを感じた。

「警察本部の傍を通りかかったら、ドレルが連行されるところだったんだ」とハリーは言った。「十五分ぐらい前の話だよ。ジェド・ウィルキンズがそこにいて、教えてくれたんだがね。シカゴから来た男が死体で発見されてから、警官たちはローラの裏道をパトロールしていた。そこでちょうどドレルがシボーグを車から投げ棄てるところを捕まえたんだ」

ピートが考え込むような目をした。「ドレルは自分のためにやったのかな。シボーグが持ってた現ナマを狙って。それとも、それも雇われ仕事だったのかな」

ハリーは口から葉巻を離した。「雇われ仕事だとしても、ドレルは口を割るよ。警察はあいつに容赦しないだろうからな。フレッド・オマーの死体もゴメス・ストリートの路地で発見されたんだ。ドレルは逮捕された時、彼の制服を着ていた」

おれはそこまでは頼んでない。頼んだのはシボーグの殺しだけだ。だが今となっては同じことだ。

一台のパトカーが表の歩道脇に停まった。

ピートがにやりとした。「まだ警察全体にシボーグのことが知れ渡っているわけじゃないんですね。もうあいつに運転手は要らないっていうのに」

しかし、その車はシボーグを迎えに来たのではなかった。

歳はいくつだ

藤村裕美訳

「歳《とし》はいくつだ？」わたしはたずねた。相手の目はわたしの握るリボルバーに釘付《くぎづ》けになっていた。

「なあ、あんた、レジにたいした金はないが、いいから全部持ってってくれ。騒ぎゃしないから」

「あんたのけちな金に興味はない。歳はいくつなんだ?」

男はけげんそうな顔をした。「四十二歳」

わたしは舌打ちした。「気の毒にな。少なくとも、あんたの立場からすれば。あと二、三十年は生きられたかもしれないんだぜ、ただほんの少し努力して、礼儀正しくしてさえいれば」

男は理解できなかった。

「あんたを殺すつもりだ」わたしは言った。「四セントの切手と、チェリー・キャンディのために」

チェリー・キャンディはなんのことかわからなかったようだが、切手については、はっきりと意味を悟ったらしい。

男の顔に恐怖の色がさした。「どうかしてる。たったそれだけのために、人が殺せるはずがない」

「あいにく、わたしにはできるんだ」

そして、わたしはそのとおりにした。

ブリラー医師から、あと四か月の命だと宣告されたとき、わたしは当然ながらうろたえた。「レントゲン写真をごっちゃにしてたりしませんか？　そういう話を聞いたことがありますが」

「それはないと思いますよ、ターナーさん」

もっと真剣に考えてみた。「検査結果だ。きっとわたしの名前が間違って、べつの人の……」

医師はゆっくりと首を横にふった。「わたしが再チェックしました。こういうときには、必ずそうするんです。医者の定法というやつでしてね」

午後遅く、太陽も疲れた時間帯だった。ついに寿命の尽きるときが来るとしたら、それはむしろ朝であってほしかった。そのほうがずっと陽気でいられるにちがいない。

「こういう場合、医者はジレンマに直面します」ブリラー医師は言った。「患者に告知すべきか、せざるべきか？　わたしはいつも告知することにしています。そうすれば、患者さんは身辺を整理したり、はめをはずして楽しんだりすることも可能になりますからね」メモパッドを手元に引き寄せる。「それに、本を書いているんです。残された時間を、あなたはどうお過ごしになるおつもりですか？」

「さっぱり見当がつきません。お話をうかがってから、まだほんの一、二分ですし」

「ごもっともです。あわてて結論を出すには及びません。でも、決まったら、教えていただけますよね？　本のテーマはこうなんです——死を宣告されたとき、人は残された時間をどう使うのか」

医師はメモパッドをわきへ押しやった。「二、三週間ごとにいらしてください。そうすれば、病気の進行具合がつかめますので」

ブリラー医師は戸口までわたしを見送った。「あなたと同じような例を、もう二十二件もまとめてあるんです」未来を見つめるような目で言う。「きっとベストセラーになりますよ」

わたしはずっと味気ない生活を送ってきた。愚かしくはないが、味気ない生活を。世の中には何ひとつ貢献していない——まあ、その点に関しては、この世のおおかたの人間と似たり寄ったりだ——だが、そのかわり、世の中からも、なんら恩恵はこうむってこなかった。要するに、わたしはひとりでほうっておいてもらいたかったのだ。人生は他人《ひと》とのよけいなかかわりあいがなくても、充分に難しい。

味気ない一生の、最後の四か月間をどう過ごしたらいいのか？

歩きながら、どれくらいのあいだその問題を考えていたのかはわからない。ふと気がつくと、わたしは橋の上に立っていた。橋は長い曲線を描いてゆるやかに下降し、湖岸の大通りに接していた。機械的な音楽が意識に割りこんできて、わたしは下を見おろした。

サーカスか、とても規模の大きい移動遊園地《カーニバル》が眼下に広がっていた。

そこはうらぶれた魔法の世界だった——金がメッキにすぎず、シルクハットの曲馬団長は、その胸に輝く勲章が本物でないのと同じくらい、紳士にほど遠く、馬の背に乗ったピンクの衣装の淑女たちが、きつい顔に、敵意のこもった目つきをしている世界。耳ざわりな声の露天商と、釣り銭詐欺師《さぎし》の縄張りだった。

わたしは常々、大サーカスの消滅は二十世紀の文化的進歩のひとつと見なしてもいいと思っていた。だが、自分でも知らないうちに橋を下り、数分後には、催し物場の中道《なかみち》に立っていた。道の両側には小屋がずらりと並び、あらゆる子供たちを楽しませようと、さまざまな〝突然変異人間〟が無惨に見せ物にされていた。

しまいに大テントのところに着いた。正面入口の片側に、一段高いボックスがあった。わたしはそこに座る、退屈そうなチケット係をぼんやりと眺めた。

ひとりの愛想のいい顔をした男が、ふたりの少女を連れて係に近づき、無料入場券とおぼしい長方形の厚紙を数枚、さしだした。

チケット係は、かたわらにある印刷リストに指を走らせた。目つきが険悪になり、しばらく男と子供たちをにらみつけていた。そして、入場券をおもむろに、これみよがしに細かくちぎって、そのままあたりに散らした。「こいつは無効だね」係は言った。

男の顔が朱に染まった。「どういうことだ？」

「あんた、ポスターをきちっと貼《は》っとかなかったろう」チケット係が嚙《か》みつくように言った。「そういうやつは、お断わりなんだよ！」

子供たちは父親を見上げた。その顔はいぶかしげだった。パパはどうするつもりだろう？

父親はその場に立ちつくしたまま、怒りに顔を蒼《あお》ざめさせていた。何か言い返そうとしたようだが、すんでのところで子供たちを見おろした。怒りを鎮《しず》めるかのように、しばらく目を閉じてから、こう言った。「さあ、おまえたち、おうちへ帰ろうな」男は子供たちをしたがえて、中道《なかみち》を遠ざかっていった。子供たちはとまどった様子でふり返ったが、口は開かなかった。

わたしはチケット係に近づいた。「どうしてあんなことをした？」

男がこちらを見おろした。「あんたにどういう関係がある？」

「ひょっとしたら、大いにな」

男はいらだたしそうにわたしを注視した。「ポスターをきちっと貼っとかなかったからだよ」

「それはさっき聞いた。くわしく説明してくれ」

男は、説明には金がかかるとでもいうように、ため息をついた。「うちじゃ、興行の二週間前に、宣伝係が会場の町へ行くことになってる。宣伝用のポスターを持って、できるだけたくさんの店をまわるんだ——雑貨屋とか、靴屋とか、肉屋とか、とにかく、うちがその町へ行くまで、ポスターをウィンドウに貼っといてくれそうなところを。で、そのとき、お礼として、無料入場券を二、三枚、渡しとく。ところが、連中のなかにはわかってないやつがいるんだよな、おれたちがちゃんとチェックしてるってことを。こっちが町に着いたとき、ポスターが貼られてなかったら、入場券は無効になるんだ」

「なるほど」わたしは冷淡に言った。「そうしてあんたは、彼らの鼻先で、その子供たちの目の前で、入場券を破り捨てるってわけか。その男が自分のささやかな店のウィンドウから、早々とポスターをはがしたことがはっきりしているから。その男の持っていた入場券は、ポスターをはがした店の者からもらったものだった可能性だってあるんだぞ」

「どういう違いがある？　どのみち入場券は無効だ」

「たしかに違いはないかもしれない。それにしても、あんたは自分が何をしたのか、ちゃんとわかってるのか？」

彼の目が細くなった。わたしを値踏みし、力のほどを推し量ろうとしていた。

「あんたは、およそ人間の行為のなかで、もっとも残酷なことをしてくれた」わたしは厳しく言った。「子供の前で親に恥をかかせたんだ。あんたがあの親子に負わせた傷は、彼らにこの先一生、消えずに残るだろう。あの男は子供たちを連れて家にもどるだろうが、その道のりは、とても、とても長く感じられるにちがいない。そもそも、子供たちになんと言ってやる？」

「あんた、お巡りか？」

「お巡りではない。あの年頃の子供は、父親は世界でいちばん立派な人だ、と思っているものだ。最高に優しくて、最高に勇敢だと。ところがいま、彼らはこう憶えてしまった――どこかのおじさんがパパに悪いことをした。だのに、パパは何もできなかった」

「たしかに入場券は破ったよ。だったら、なんでチケットを買わない？　あんた、市の役人か？」

「市の役人ではない。あんな侮辱《ぶじょく》を受けたあとで、チケットが買えると思うのか？　あんたはあの男をぎりぎりまで追いつめた。いまさらチケットは買えなかったし、メンツを取りもどす機会も作れなかった、なにしろ、子供がそばにいたからな。彼にはどうすることもできなかったんだ。できることといったら、ただひとつ、ふたりの子供を連れて退却することだけ。子供たちはあんたのみすぼらしいサーカスを見たがっていたのに、いまとなっては、それもかなわない」

わたしはボックスの足元を見おろした。さらにたくさんの夢のかけらが散らばっていた。同じように、ポスターを早々とはがすという大罪を犯した者たちの残骸だ。

「少なくとも、こういう言い方だってできたはずだ。『申しわけありませんが、この入場券は無効です』そして、理由を礼儀正しく、落ち着いて説明すればいいんだ」

「おれは、礼儀正しくするために給料もらってるわけじゃねえ」彼は黄ばんだ歯をむきだした。「それにな、入場券をちぎるのは気に入ってるんだ。ぞくぞくするんでね」

なるほど、そういうことか。こいつはけちな権力を与えられたけちな男で、その権力をシーザーばりに行使しているのだ。

男が立ちあがりかけた。「さあ、いいかげんに消えてくれ、さもないと、ここから降りてって、そこらじゅう、追いまわしてやるぞ」

そう、この男は残酷で、浅ましい人非人だ。感受性や思いやりを持たずに生まれ、一生、人を害するよう運命づけられている。まさに、この地上から抹殺されるべき存在だ。

わたしに力がありさえすれば……。

わたしはさらにもう少し、男のゆがんだ顔を見上げてから、きびすを返して、その場を離れた。橋をのぼりきったところでバスに乗り、三十七丁目のスポーツ用品店に立ち寄った。

購入したのは三二口径のリボルバーと、ひと箱の弾薬だった。

われわれはどうして人殺しをしないのだろう？　そうした取り返しのつかない行為は、道徳的に許されないと感じるからか？　それともむしろ、捕まったあとのなりゆきを恐れるからか？——自分自身と、その家族、その子供たちへの影響を。

だからこそ、われわれはおとなしく不正を受け入れて、堪え忍ぶのだ。不正を除去しようとすれば、以前よりさらにひどい苦痛をこうむりかねないから。

だが、わたしには家族も、親しい友人もいない。それに、あと四か月の命だ。

橋のところでバスを降りたときには、日が沈み、移動遊園地の明かりがひときわ輝いていた。中道《なかみち》を見おろしてみると、男はまだボックスにいた。

はて、どうしたものか、とわたしは考えた。男のところまでずかずかと歩いていって、けちな玉座にいるところを撃つ？

問題はひとりでに解決した。見ているうちに、べつの男と代わったのだ——どうやら交代らしい。男は煙草《たばこ》に火をつけ、中道《なかみち》を暗い湖岸へ向かった。

男に追いついたのは、やぶにおおわれた角を曲がったところだった。あたりにひとけはなかったが、移動遊園地からさほど離れてはいないらしく、そのざわめきがまだ耳に届いた。

わたしの足音を聞きつけて、男がふり返った。口元に引きつった笑みが浮かび、こぶしをもう片方の手でなでた。「痛いめにあいてえのか？」

わたしの手のリボルバーに気づくと、男の目が見開かれた。

「歳はいくつだ？」わたしはたずねた。

「おい、待ってくれ」彼はあわてて言った。「ポケットにはほんの二、三十ドルしかないんだ」

「歳はいくつなんだ？」わたしはくり返した。

男はそわそわと視線をそらした。「三十二歳」

わたしは悲しみをこめて頭をふった。「七十代まで生きられたかもしれないのにな。あと四十年はあったかもしれないんだ、ただほんのちょっと骨折って、人間らしくふるまってさえいれば」

彼の顔は蒼白《そうはく》になっていた。「あんた、気がふれてでもいるのか?」

「そうかもな」

わたしは引き金を引いた。

銃声は思ったほど大きくなかった。もしかすると、背後の移動遊園地の騒音にかき消されたのかもしれない。

男はよろめいて小道の端に倒れ、そのままこと切れた。

わたしはそばのベンチに座って、様子を見た。

五分経過。十分。誰も銃声を耳にしなかったのか?

急に空腹を覚えた。お昼から何も食べていなかった。警察に連行され、延々と尋問されることを思うと、堪えられそうになかった。それに、頭痛もしてきた。

わたしは手帳の一ページを破りとって、こう書きはじめた。

うっかりしたひと言は許されるかもしれない。だが、生涯にわたる、はなはだしい無礼は許しがたい。この男は死に値する。

署名しようとして、さしあたりイニシャルだけで充分だと思いなおした。満足のいく食事とアスピリンを摂《と》るまでは、逮捕されたくなかった。

紙を折りたたんで、死んだチケット係の胸ポケットに収めた。

小道を引き返し、橋をのぼるあいだ、誰にも行きあわなかった。わたしは〈ウェシユラー〉まで歩いた。おそらくは町いちばんのレストランである。普通の状況では、わたしの懐《ふところ》具合とはとうてい釣りあわなかったが、こうなったからには、思う存分飲み食いしようと決めたのだ。

食事を終えると、わたしは夜のバス旅行としゃれこむことにした。街の周遊はけっこう楽しかった。なんといっても、行動の自由はまもなく制限されてしまうのだ。

バスの運転手は気短な性格で、明らかに乗客を敵と見なしていた。だが、美しい夜で、バスはすいていた。

六十八丁目まで来たとき、きゃしゃで白髪の、カメオの浮き彫り模様のような顔立ちをした婦人が道路わきで待っていた。運転手は不承不承バスを止めて、ドアを開けた。

婦人はステップの一段めに足を載せながら、乗客にほほえみ、会釈をした。そのしぐさから、彼女が穏やかな、幸せな生活を送っていることと、バスに乗る機会はめったにないことがうかがえた。

「おい！」運転手が嚙みつくように言った。「乗るのに、丸一日かけるつもりか？」

彼女は赤くなって、口ごもった。「すみません」運転手に五ドル札を渡そうとした。

運転手は目を怒らせた。「小銭はないのか？」

婦人の顔の赤みが濃くなった。「ないようなんです。でも、探してみます」

バスはどうやら遅れてはいないらしく、運転手はそのまま待った。

それと、もうひとつはっきりしたことがあった。運転手はこのひと幕を楽しんでいた。

婦人は二十五セント硬貨を見つけて、おずおずとさしだした。

「料金箱に入れて！」運転手がきつく言った。

婦人は硬貨を料金箱に入れた。

運転手がバスを急発進させたので、婦人はあやうく転びそうになった。すんでのところで、かろうじてつり革をつかんだ。

彼女の視線が乗客のほうに向けられた。まるで、自分のことをわびるかのように——乗るのに手間取ったことと、すぐに小銭を取りだせなかったこと、あやうく転びそうになったことを。笑顔を引きつらせて、彼女は座席についた。

八十秒後、彼女はブザーのコードを引いて立ちあがり、前のほうへと向かった。

運転手がバスを止めながら、肩越しににらみつけた。「後ろのドアを使ってくれ。なんであんたらは、後ろのドアを使うことを憶えてくれないんだよ」

わたしとしては、後ろのドアを使うことに異存はない。とくに、バスが混んでいるときには。だが、いまこのバスに乗っているのは、たったの六人だった。みな、よけいなことにかかわるのはごめんだという風情で、新聞に鼻を突っこんでいた。

婦人は向きを変え――その顔は真っ蒼だった――後部ドアからバスを降りた。

彼女が、今晩、どう過ごしたにせよ、あるいは、これからどう過ごすにせよ、もう台無しにされてしまった。このことを思いだせば、おそらくこの先幾晩もいやな気持ちになるにちがいなかった。

わたしは終点まで乗った。

運転手がバスを方向転換させて止めたときには、乗客はわたしひとりだった。そこはものさびしい、ほの暗い明かりのついた一角で、道路わきの狭い待合所には誰もいなかった。運転手は腕時計に目をやり、煙草に火をつけたところで、わたしに気がついた。「ちょっとあんた、このままもどるつもりなら、もう二十五セント、料金箱に入れてくれ。ただ乗りはごめんだよ」

わたしは座席から立ちあがって、ゆっくりとバスの前のほうへ歩いていった。「歳はいくつだ？」

彼の目が細まった。「あんたには関係ないだろ」

「三十五歳ってところだろう。この先、三十年か、それ以上は生きられる計算だ」わたしはリボルバーを取りだした。

彼は煙草を落とした。「金なら、持ってってくれ」

「金に興味はない。関心があるのは、あのおとなしい婦人と、それ以外の何百人もの、おとなしい婦人や、親切で無害な男たちや、笑顔の子供たちのことだ。あんたのやったことは犯罪に等しい。あんたの彼らへの仕打ちに弁明の余地はない。あんたはこの世に存在するに値しない」

そして、わたしは彼を殺した。

座席にもどって、様子を見た。

十分後、あいかわらず死体とふたりきりだった。眠くなってきた。ひどく眠かった。ひと晩ぐっすり眠ってから、警察に出頭したほうがよさそうだ。

わたしは手帳の紙に運転手の死を正当化する理由を書きつけ、イニシャルを付して、運転手のポケットに入れた。

四ブロック歩いたところで、タクシーをひろい、自宅のアパートメントへ帰った。

わたしは熟睡した。夢も見たかもしれない。だが、見たとしても、その夢は楽しい、害のないもので、九時前になって、ようやく目を覚ました。

シャワーを浴び、ゆっくり朝食をしたためると、一張羅《いっちょうら》を引っぱりだした。今月の電話料金が未払いだったことを思いだした。小切手を切り、封筒に宛名を書きこんだ。切手を切らしていた。まあ、問題はない、警察へ行く途中で買えるだろう。

警察署まであと少しというときになって、切手のことを思いだした。わたしは角のドラッグストアに立ち寄った。これまで一度もはいったことのない店だった。

店主は医者のような上っ張りを着て、カウンターの後ろに座って新聞を読んでおり、ひとりのセールスマンが大きな注文控え帳に記入していた。

わたしがはいっていっても、店主は顔をあげず、セールスマンに話しかけた。「置き手紙には指紋がついてたし、筆跡だって、イニシャルだってわかってる。だのに、警察は何をやってるんだ？」

セールスマンは肩をすくめた。「警察のファイルに登録されてなかったら、指紋がなんの役に立ちます？　筆跡だって同じことでしょう、比較するものがなければ。それに、〝L・T〟なんてイニシャルの持ち主なら、この町にはごまんといるんじゃないですか」彼は帳面を閉じた。「じゃあ、また来週」

セールスマンが帰っても、店主は新聞を読みつづけた。

わたしは咳払《せきばら》いした。

彼は長い記事を読み終えてから、ようやく顔を上げた。「何か？」

「四セント切手を一枚ください」

まるでわたしが一発お見舞いしたかのようだった。店主は十五秒ほどわたしを見つめてから、やおら立ちあがり、ゆっくりと店の奥の、小さな格子つきの窓のほうへ向かった。

あとを追おうとしたが、すぐそばに陳列されているパイプに注意を引かれた。しばらくして、視線を感じて、顔を上げた。

店主が店のいちばん奥に立ち、片手を腰に当て、もう片方の手で一枚の切手を横柄に掲げていた。「そこまで持ってけっていうのか？」

そのとたん、わたしは五セントを握りしめた、六歳の少年を思いだした――銅貨はただの一枚ではなくて、なんと五枚。ドラッグストアの店先に、一セントの駄菓子が並んでいた時代の話だ。

少年はガラスケースのなかの商品にすっかり魅了されていた――さまざまなお菓子が五十種類。彼の心は楽しい悩みに弾んだ。赤いホイップにするか、リコリスにするか、それともお楽しみ袋？　でも、チェリー・キャンディだけはやめておこう。あれは好きじゃない。

やがて、ガラスケースの向こうに立つ店主のことが意識されてきた――片足をこつこつ鳴らしている。目にはいらだちがくすぶっていた――いや、それ以上だ――目は怒りに燃えている！

「たかが五セントのために、一日じゅう、そうしてるつもりか？」

少年は感じやすいたちだったので、まるで殴打されたかのように感じた。大事な五セントは、いまや無価値になってしまった。店主は五セントを軽蔑した。ひいては、彼のことを。

少年はしびれたように、やみくもに指さした。「これを五セント分ください」店を出たあとになって、買ったのがチェリー・キャンディであることに気がついた。だが、そんなことは、もはや問題ではなかった。何を選んでいたとしても、口をつけることはできなかった。

こうしていま、わたしは四セント切手を持った店主と、彼が具現する、自分に直接もうけをもたらさない者への狭量な嫌悪とに対面していた。パイプの一本でも買うと言ってやれば、この男はたちまちご機嫌取りを始めるにちがいなかった。

だが、そのとき頭にあったのは四セント切手と、遠い昔、わたしが捨てたチェリー・キャンディの袋のことだけだった。

わたしは店の奥まで歩いていって、ポケットからリボルバーを取りだした。「歳はいくつだ？」

店主が死ぬと、わたしは置き手紙を書いてすぐにその場を立ち去った。今度の殺しは自分のためで、酒が欲しくなっていた。

通りの数軒先にある小さなバーにはいった。ブランデーの水割りを注文した。

十分後、パトカーのサイレンが聞こえてきた。

バーテンダーが窓のほうへ行った。「ついその先だ」彼は上着を脱いだ。「ちょっと様子を見てこよう。誰か来たら、すぐもどるって言っといてください」ブランデーのボトルをカウンターに置いた。「どうぞご自由に。でも、あとで、何杯飲んだか教えてくださいね」

ブランデーをゆっくりなめながら見ていると、さらに何台ものパトカーと、しまいに救急車が現われた。

バーテンダーは十分後にもどってきた。すぐあとから、客がひとりはいってくる。

「ジョー、ビールを小ジョッキで頼む」

「これが二杯めです」わたしは言った。

ジョーはわたしの小銭を受けとった。「そこのドラッグストアの店長が殺されました。どうやら例の、礼儀正しくないからって理由で人を殺してるやつのしわざみたいですよ」

客は彼がビールを注ぐのを見ていた。「どうしてわかる？　ただの強盗かもしれない」

ジョーは首を横にふった。「違いますね。フレッド・マスターズ——というのは、通りの向かいの電気屋の主人です——が、死体を発見したとき、置き手紙を読んでるんです」

客は十セント硬貨を一枚カウンターに置いた。「嘆く気にはなれないね。あの店には近寄らないようにしてたんだ。あそこのおやじは客の応対をするとき、きまって、相手をしてやってありがたく思えってな態度をとってただろ」

ジョーはうなずいた。「この近所じゃ、あの人の死を悲しむ者はいないでしょうね。しょっちゅう面倒を起こしてましたし」

わたしはすぐにも店を出てドラッグストアへもどり、自首するつもりだったが、ここへ来て思いなおした。そして、もう一杯ブランデーを注文し、手帳を取りだすと、名前を列挙しはじめた。

次から次へと思い浮かぶのには驚かされた。どれもみな痛切な思い出をともなっている。大きな事件もあれば、ささいなトラブルもある。一部はわたしの実体験だが、それよりずっと多いのは、わたしが目撃し——おそらくは犠牲者本人よりはるかに傷ついた出来事だった。

名前の数々。さらには、あの倉庫係。名前はわからないが、あいつは入れなければならない。

あの日とニューマン先生のことが思いだされる。彼女はわたしの小学六年のときの担任で、あの日もまた、わたしたちを校外学習に連れだしてくれた。目的地は川沿いの倉庫で、わたしたちは〝産業のしくみ〟を教わることになっていた。

先生はいつもきちんと計画を立て、相手方には必ず事前に訪問許可をとっていた。だが、あの日は道に迷うかどうかして、わたしたち――すなわち、先生と、先生をあがめる三十人の児童――が着いたのは、あの倉庫だった。

そして、倉庫係は先生を追い返そうとした。男の使う言葉はわたしたちには意味がわからなかったが、趣旨は理解できた。わたしたちと先生を攻撃していたのだ。

小柄な先生はすっかりおびえてしまい、わたしたちは退却した。翌日からニューマン先生は学校に出てこなくなった。あとから知ったが、先生は転勤を願いでていた。みなと同じように先生が大好きだったわたしには、その理由がわかる。あんな失態を演じて、わたしたちにあわせる顔がなかったのだ。

あいつはまだ生きているだろうか？　当時は二十代だったはずだ。

三十分後にバーを出たときには、やるべきことが山をなしていた。

それからは忙しい毎日だった。ある日のこと、あの倉庫係が見つかった。自分の

〝罪状〟を憶えてもいなかったので、とっくりと聞かせてやった。

ひと仕事終えて、わたしは近くのレストランにはいった。

ウェイトレスがようやくレジ係とのおしゃべりを切りあげて、わたしのテーブルのほうへずかずかとやってきた。「ご注文は？」

ステーキとトマトを頼んだ。

ステーキはいかにもこの界隈で供されそうなしろものだった。コーヒーのスプーンに手を伸ばしたとき、あやまって床に落としてしまった。わたしはスプーンをひろいあげた。「ウェイトレスさん、かわりのスプーンを持ってきてくれないかな？」

ウェイトレスはいらだたしそうにこちらへやってくると、わたしの手からスプーンをもぎとった。「手が震えでもするわけ？」

彼女はしばらくしてもどってくると、スプーンを、かなり派手な音を立てて、テーブルに置こうとした。

だが、そのとき何かが頭をよぎったらしく、険しい顔つきが変化した。腕のふり下ろされる勢いが弱まり、スプーンがテーブルクロスについたときには、ほとんど音がしなかった。ことりとも。

彼女は気まずそうな笑い声をあげた。「つっけんどんに見えたら、ごめんなさいね」

謝罪の言葉だったので、わたしは素直に受け入れた。「いや、いいんだよ」

「スプーンなんて、いつでも好きなときに落としてくれてかまわないんですよ。喜んでかわりのを持ってきますから」

「ありがとう」わたしはコーヒーのほうに視線をもどした。

「気を悪くしていらしたり、しませんよね？」彼女はしつこくたずねた。

「ああ、全然」

彼女はそばの空いているテーブルから新聞を引っつかんだ。「はい、どうぞ。お食事しながら、ご覧ください。うちのサービスです。無料なんです」

ウェイトレスがテーブルを離れると、レジ係が目を丸くして彼女を見つめていた。

「どうしたっていうんだ、メイベル？」

メイベルはかすかに不安げな面持ちで、こちらをふり返った。「あの人が何者か、わかったもんじゃないでしょ。きょうびは礼儀正しくしておくに越したことはないのよ」

食事をしながら、新聞に目を通していて、ひとつの記事に注意を引かれた。ひとりの成人男性がフライパンで一セント銅貨を熱し、それを、ハロウィーンを待たずに、〝お菓子をくれないといたずらするぞ《トリック・オア・トリート》〟の巡回をしていた子供たちに向かってほうった、という。不当にも、男は二十ドルの罰金を支払わされただけだった。

わたしは男の名前と住所を書き留めた。

ブリラー医師が診察を終えた。「服を着てもいいですよ、ターナーさん」

わたしはシャツを取りあげた。「前回診察を受けてから、何か魔法の新薬が開発されていたりはしませんかね？」

医師はひとりで楽しんでいるような、朗らかな笑い声をあげた。「いや、残念ですが」わたしがシャツのボタンをはめるのを眺めながら、たずねる。「ところで、残された時間の使い道は、決まりましたか？」

決まっていたが、こう答えることにしていた。「いや、まだです」

医師はかすかに落ち着きをなくした。「ぜひお決めになるべきです。あと三か月ほどしかないのですからね。それと、お決めになったら、必ず教えてください」

わたしが服装を整えるあいだ、彼は机について新聞を広げていた。「この殺人者はかなり忙しくしているようですね」

彼はページをめくった。「でも、じつのところ、今回の事件に関してもっとも驚くべきことは、一般大衆の反応かもしれません。最近、投書欄に目を通していらっしゃいますか？」

「いいえ」

「どうも一連の犯行は、ほぼあまねく賛同を得ているようなんですよ。投書の送り主のなかには、ターゲットにふさわしい人間を紹介できるかもしれない、とほのめかしている人さえいます」

新聞を買うべきかもしれなかった。

「そればかりではない」ブリラー医師は続けた。「礼儀正しさの波が、町を襲ってますね」

わたしは上着をはおった。「次は二週間後でしたね？」

医師は新聞をわきへやった。「そうです。できるだけ悲観的にならないようにしましょう。わたしたちはみな、いつかは逝《い》くのですからね」

だが、彼の最期の日は未確定で、遠い未来のことのように思われた。

ブリラー医師の診察は夜だったので、わたしがバスを降りて、自宅までの短い道のりを歩きはじめたときには、十時近くになっていた。

最後の角に近づいたとき、銃声がした。ミルディング通りにはいってみると、小柄な男がリボルバーを手にして立っていた。かたわらには、死んだばかりの男が、静かな、ひとけのない歩道に横たわっていた。

わたしは死体を見おろした。「おやおや、警官だ」

小柄な男はうなずいた。「うん、ちょっと度が過ぎたかもしれないけど、こいつがまったく不必要なたぐいの言葉を使うもんだから」

「ほう」

小柄な男はうなずいた。「この消火栓の前に、車を停めちゃったんだ。つい、うっかりとだよ。で、もどってきたら、この警官が待ってるじゃないか。おまけに、運転免許証を忘れてきたことも発覚した。単に違反切符を切られただけだったら、こんなことはしやしない。非はこっちにあるし、そのことを認めるにやぶさかじゃないから。ところが、こいつはそれだけでは満足しなかった。ぼくの知性と視力に関して、気にさわることを言い、ぼくが車を盗んだのではないかとほのめかし、しまいには、ぼくの生まれの正当性を疑った」男は甘い思い出に目をしばたたいた。「ぼくの母は天使だった、まさに天使だったんだ」

わたしはうっかり信号を無視して街路を渡り、警官に捕まったときのことを思いだした。こちらとしては、お決まりの警告はもちろん、違反切符さえ、おとなしく受け入れるつもりでいた。だのに、警官は、にやにやして集まってくる物見高い通行人の前で、神聖ならざる説教を延々と続けた。じつに屈辱的な体験だった。

小男は自分の手の拳銃に目をやった。「これはきょう買った。ほんとはアパートメントの管理人に使うつもりだったんだ。いばりちらすから」

わたしは同意した。「横柄なやつっているよな」

彼はため息をついた。「でも、こうなったからには、警察に自首しないといけないかな?」

わたしは思案した。男はこちらを見つめていた。

男は咳払いをした。「それとも、置き手紙を残すだけにすべきかな? ほら、新聞をにぎわしてる……」

わたしは彼に手帳を貸した。

彼は数行、何か書きつけて、イニシャルを記すと、その紙を死んだ警官の上着の、ふたつのボタンのあいだにはさんだ。

男はわたしに手帳を返した。「ぼくもそういうのをひとつ、忘れずに買おう」

男が車のドアを開けた。「送ろうか?」

「いや、けっこう。いい晩だから、むしろ歩きたい」

感じのいいやつだ。その場を離れながら、わたしは思った。

こういうやつがもっといないのは、いかにも残念だ。

日当22セント

好野理恵訳

「憤懣《ふんまん》やる方ないお気持ちでしょうね？」と記者は訊《き》いた。

おれは眉《まゆ》を上げた。「憤懣？　いいや、そんなものはないね」

「でも、犯してもいない罪のために、四年間も刑務所で過ごされたんですよ」

おれは静かに微笑《ほほえ》んだ。「それについちゃ、国がたっぷり補償してくれたよ、気前よく六千ドルもね」

記者はインタビューの前に算盤《そろばん》をはじいてきたようだった。「あなたが鉄格子の向こうで過ごした一時間あたり、約十七セントってことになりますね」

おれは肩をすくめた。「その上、きちんと毎日二十二セント稼いでたってことも忘れてもらっちゃ困るね。たぶん、こんなもんじゃ貧困政策の対象になっちまうんだろうが、逆に見れば、住み込みだったから金もほとんど使わなかったんだ」

「余生はどのように過ごされるおつもりですか?」

まだ嘴《くちばし》の黄色い記者だった。だからその無礼には目をつむってやった。「お若いの、四年間でおれがすっかりだめになったわけじゃない。これからもうひと花咲かせるさ」

デニング所長がおれにマニラ封筒を手渡した。「中身を確認して、受け取りにサインしてくれんかね、ジョージ。ここに入所した時に、きみが身につけていた私物だよ」

「出所されたら、まず最初に何をするおつもりですか?」記者が訊いた。

「銃を買う」とおれは言った。

デニング所長が鋭い目でちらっとおれを見た。「なあ、ジョージ、百も承知だろうが、仮釈放された者は……」

おれは微笑んだ。「だがおれは仮釈放じゃありませんよ、所長。何の条件もつかない、自由の身なんです。投票だってなんだってする権利があるんです」

記者は鉛筆を嚙《か》んだ。「なぜ、何より先に銃を買おうというんです?」

「銃が好きなのさ。実際、刑務所に入る前はちょっとしたコレクションを持ってたんだ」

彼はさらに食い下がった。「ここを出所したら、その次には何をするおつもりで?」

「弁護士に会う」

「ヘンリー・マッキンタイアに？」

「いや、そっちじゃない。マット・ネルスンの方だよ。おれが人生のうち四年間を棒に振った責任の、少なくとも半分は、あいつの無能のせいだとずっと思ってた」

「裁判の時のあなたの弁護士ですね？」

「そうだ」

記者は考え込んだ。「機を見て、ご自分に不利な証言をしたふたりの男性に会うおつもりは？」

おれはマニラ封筒から財布を取り出すと中身を確かめ、ポケットに突っ込んだ。

「世間は狭い。偶然に出会うことだってあるさ」

所長に送り出されて人事部へ行き、そこで最後の役所手続きを終えて戻ってみると、所長はヘンリー・マッキンタイアと話していた。おれが部屋に入ると、ふたりは口をつぐんだ。

おれが釈放されたのはヘンリー・マッキンタイアのおかげだった。不当な扱いがあったと思われる事件の追及を専門とする弁護士組織の一員だ。ひとたび自分が正しいと信じたら——たいていの場合そう信じるのだが——自分の道をまっしぐらという、一本気な熱血漢のひとりだ。つまり普通なら、おれの大嫌いな手合いなのだ。しかし、今は恩知らずなことを言っている時ではなかった。

「請求書を送ってくださいよ」とおれは言った。「ツケは全部払いますから」

彼は首を振った。「いいんですよ。われわれはひとえに正義のためにこうした活動を行なっているのですからね。金——あるいは個人的な宣伝——は関係ありません。それに、平均するとあなたの補償額は一時間につき、たったの十七セントです。そして、もしわたしがあなたに費用を請求して、それを新聞が嗅《か》ぎつけようものなら……」彼は溜《た》め息をついて話をそらした。「ところで、われわれとしてはあなたに軽はずみなことはしてほしくないのです」

「軽はずみ?」

「今や正義は為《な》されたのですからね——少しばかり遅かったとしてもですよ」

「ほんとに? 正義が為された? 偽証した恥知らずなふたりが、今はおれに代わって刑務所に入ってるとでも?」

「いいえ、違いますよ。実際のところ、そこまでは望めませんでした」

「それでもおれは、にっこり笑って明るく振る舞わなくちゃならんのですかね?」

「まあ、そうです。ある意味においてはね。つまり仕返しなんかしても、何にもならないということですよ。しかもその上、われわれの組織にも悪い影響が出ます。つまるところ、あなたを釈放して社会に出すのは、われわれの責任ですからね。そしてあなたが突然早まったことをする気になったりすれば、われわれの経歴に汚点が……」

マッキンタイアは手を振り、宙ぶらりんで話を打ち切った。

ファスナー付きバッグを取り上げて、おれは出て行こうとした。「保証しますよ、マッキンタイアさん、早まったことは何もしないとね。おれは行動を決める前には、何ごともじっくり考えるたちでね」

町へはバスで二時間の道程《みちのり》で、午後四時頃に着いた。

通りを歩いてウィトコ・スポーツ用品店へ行き、しばらく店内を見てまわってから、新品のルガー自動拳銃を買った。そいつをケースに入れて包装してもらい、四丁目へ行く。サクストン・ビルの前でどうしようか迷ったが、気が変わった。だめだ、マット・ネルスンは空《す》きっ腹を抱えて会いたい男じゃない。あいつと対面する前に、うまい食事と一晩の休息を取ろう。

メドウィン・ホテルにチェックインして夕食を取った。部屋でウィスキーのソーダ割りを頼み、この四年間で初めて口にした文化的な飲み物でやっと人心地がついた、と思ったら、ドアのブザーが鳴った。

廊下にふたりの男が立っていた。そしてふたりとも市警の刑事であることを示す、盾形《たてがた》の記章のついた札入れを見せた。

白髪まじりの、見るからに年長の方が代表して自己紹介をした。「デイヴィス巡査部長だ。二、三、話したいことがあるんだが、いいかね？」

「いいですとも」おれはふたりを中に入れた。

デイヴィスはおれが勧めた酒を断わって、単刀直入に用件に入った。「われわれは常に事件を未然に防ぎたいと思っているんだよ。一オンスの予防は一ポンドの治療に匹敵すると考えていてね」

人はなぜ、何かをこんなふうに物の重さに言い換えるのだろう、とおれはぼんやり考えた。

デイヴィスが椅子《いす》に腰をおろした。「あんた、銃を買ったろ、ホイットコムさん？」

おれは眉をひそめた。「後を尾《つ》けたな」

デイヴィスはうなずいた。「二、三の人間からタレコミがあったんだ。あんたの弁護士も含めてね。事情を詳しく教えてくれたよ。それでわれわれはバスを降りてからずっと、あんたに目をつけてた。その銃で何をしようというんだね？」

「たまには撃ちますよ」おれは言った。「そして大事にして、煤《すす》や錆《さび》がつかないように手入れをします」どうやらこれでは答えになっていないようだった。

「そんなことをしても引き合わんぞ」とデイヴィス。「うまくやりおおせるはずがないんだ」

「何をやりおおせるって？」

デイヴィスはしばらくおれの顔をじっと見つめた。「いいか、あんたは賢い男だ。服役中に所長の秘書になった。あんたほどその仕事を立派にこなせる人間は、いまだかつていなかったと所長は言ってるぞ。なんでそんな馬鹿げたことをしなくちゃならんのだね？」

おれは微笑んだ。「心配はご無用に願いますよ、刑事さん。おれは何も馬鹿げたことなんかしませんよ。絶対にね、ふとしたはずみでもなければね」

刑事は、まじろぎもせずおれを見つめ、やがて溜め息をついた。「もういい。取りつく島もねえな。だが、憶《おぼ》えといてくれ。われわれはずっとあんたを見張っているからな」

ふたりが帰ると、またウィスキーのソーダ割りを飲み、なくなると注ぎ足した。翌朝はきっかり六時十五分に目が覚めた――過去数年で身に染み込んだ習慣だ――二日酔いでさえなければ、ベッドから起き出していたかもしれない。たぶん、結局のところ、清く規則正しい生活にも一理あるのだろう。

午前中をずっとベッドの中で過ごして、だんだんと力がよみがえってきた。午後、昼食のあと、ファースト・ナショナル銀行へ行き、六千ドルの小切手を預けた。それから、その足でサクストン・ビルへと向かった。

マット・ネルスンのオフィスがあるフロアに入ったのは三時近かった。デイヴィス巡査部長とその部下、それにかなり怯《おび》えたようすの秘書が控え室で待っていた。

デイヴィスはおれが左脇《ひだりわき》に抱えている包みに目を留めた。「それは何だね？」

「ピストルですよ」

彼は悲しげに首を振った。「なあ、銃を携行する許可は得ているのかね？」

「ケースに入れて持ち運ぶ分には許可はいりませんよ。身につけて隠して持っているだけならね」

「なぜ部屋に置いてこなかった？　なぜここへ持ってきたんだ？」

「今朝、ホテルをチェックアウトしたもんでね。あそこはほんとにバカ高いですよね。どこに行ったら家具付きの小さいアパートが見つかるか、知りませんかね？」

「そのジッパー付きの鞄《かばん》にしまったらどうだ？」

「満杯でね。押し込むこともできない始末で」

おれの抗議に耳も貸さず、デイヴィスはおれの身体と所持品を調べにかかった。調べ終わると、マット・ネルスンの専用オフィスに通じるドアに向かって、野太い声を張り上げた。「丸腰ですよ」

オフィスのドアが細く開き、中からマット・ネルスンが顔をのぞかせた。「〝丸腰〟とはどういう意味です？　彼は銃を持ってるんでしょう？」

「しかし弾丸はありません」とデイヴィスが言った。

ドアが大きく開き、ネルスンはさっきより大胆になったようだった。「さてさて、ホイットコムさん、久しぶりにお会いできて光栄ですよ。事態が好転して恭悦の限りです」

「あんたのおかげじゃないがね」おれはそっけなく言った。「あんたにちょっとばかり、言いたいことがあるんだが」

「そうでしょうとも。さあ入って」ネルスンはおれについて来ようとするデイヴィスを制した。「どうか、ホイットコムさんとふたりきりで話をさせてください」

ネルスンは額の狭い、鋭い目鼻立ちの男だった。こいつを雇った時、一抹の不安を抱いたが、知り合いからの推薦とあって、その不安を打ち消してしまったのだ。そいつが失敗だった。

ネルスンは机に向かうと、一番上の抽斗《ひきだし》を少し開けた。

リボルバーの台尻が目に入った。この男は、おれがやろうとして心の中に封じ込めた事態から身を守ろうとしているらしかった。

ネルスンはふたたび笑顔を向けた。「ホイットコムさん、あなたが賢明な方だということは存じ上げておりますよ」

「どうも」とおれは言った。「ここのとこ何べんもそんな言葉を聞いてるが、ここに来たのはお世辞を聞くためじゃない」そして四年間積もり積もった嫌悪感を込めて彼を見た。「裁判でおれの弁護を完膚《かんぷ》なきまでにしくじったばかりか、ど厚かましくも八七六ドル一四セントの請求書なんぞ送りつけやがって」

ネルスンは肩をすくめた。「今となってはどんな違いがあると言うんです？　びた一文払っちゃくれなかったくせに」

「たまたま金の持ち合わせがなかったんだよ。だが、ほんとうに腸《はらわた》が煮えくり返ったのは、刑務所でのおれの稼ぎを差し押さえようとしたことだ。おれが刑務所の洗濯場で二十二セントぽっちの日当のために汗水垂らしてるってのに、それを――」

ネルスンは申し訳なさそうに手を振った。「ひょっとしたらあなたに貯えがあって、あわよくば引き出せるかなと、ちらっと考えただけですよ」彼は肩をすくめた。「おまけに、裁判官にも却下されましたしね」

「それにしても、まったくもって勘弁ならん」

ネルスンは身を乗り出した。「ねえ、わたしは鈍い男じゃないし、あなただってそうだ。あなたがわたしを撃ち殺しにここへやってきたのじゃないってことはわかってますよ」

「確かにそう思うのか？」

「そりゃあ……絶対に確かとは言えませんがね。じっさい、わたしが思うに、あなたは長いこと考え抜いてきたわけだし、しかも頭だってあるんだから、もっと気の利いた計略を用意しているはずです。図星でしょ？　もっと陰険な手を考えてるんでしょ？　おそらく銃でも、ナイフでもありませんね？　それに――とにかく――あからさまな手じゃないんでしょ？　あなたは待つことができる。時間はたっぷりありますものね？　神経戦に持ち込む気でしょ？」

おれは窓の外を見た。

「いいですか」とネルスンは言った。「わたしを脅そうったってそうはいきませんからね。だが、わたしも多忙な人間だ。そんな蛇《へび》の生殺しみたいなことに付き合ってはいられないんです。つまり、ただ単に時間がなくてね。そこでですね、わたしがどうするかお教えしますよ。あなたのわたしに対する借金、八七六ドル一四セントは帳消しにしましょう」半分開いた机の抽斗から、彼は一枚の紙切れを取り出し、おれの前に押しやった。「領収書です。全額受領の記載とわたしの署名があります」

おれはその紙切れに一瞥《いちべつ》をくれた。

「はいはい、わかりましたよ」ネルスンはすばやく言った。「領収書など、ただの紙切れに過ぎません。それでは何も買えない。国はあなたに六千ドル支払ったが、たぶんあなたはそれ以上もらえるはずだとお考えなのですね？　あなたを咎《とが》めはしませんよ。あれは濡《ぬ》れ衣《ぎぬ》だったのですからね。信じてはいただけないかもしれませんが、わたしはベストを尽くしたんですよ」

ネルスンの言うとおりだった。おれはこいつを信じちゃいなかった。

彼はもう一度机に手を伸ばし、今度は分厚い封筒を取り出した。そして紙幣を扇のように広げてみせた。「数えてください。百ドル紙幣で六千ドルです。国と張り合うつもりですよ。金には金でね。でもだからといって、わたしが非を認めたというわけじゃありませんからね。これはわたしが心からお気の毒にと思う気持ちの表われです」

おれは金を勘定した。「ほんとうはこれを目当てに来たわけじゃないんだがね。それで、この六千ドルでおれにどうしろと？」

「もうほっといてくれればいいんです」ネルスンは少し声を上げた。「あなたがほかの誰かに何をしようが知ったことじゃない。わたしには関係のないことだ。だがわたしのことはほっといてください」

おれは札束をポケットに入れると、ゆっくりと笑顔を作った。「まあいいさ。これであんたの誠意は納得したよ。出ていくよ、そして二度と戻って来ないさ」

階段を降り、二ブロックほど歩いて、尾けられていることを確かめた。おれはいくつかのビルに出入りし、エレベーターに乗ったり、階段をいくつも昇ったり降りたりし始めた。ようやく、ある路地に出て、尾行を撒《ま》いたと確信した。

大通りに入り、ついでにかなり背の高い、血の気の多そうな男の腕に飛び込みかけた。男はおれを歓迎しているようだった。「うまく撒いたね」と男は言った。

「誰を撒いたって？」おれは警戒を怠らずに訊いた。

「サッさ」

「それで、あんたは？」

「ジェイムズ・ホーガン。秘密調査その他を請け負ってる。彼らは弁護士を雇うつもりだったが、その時、弁護士だと、自分たちのやろうとしていることを道義に悖《もと》ると見なすかもしれないと気づいたんだ。だが私立探偵なら今日び、ほとんど何でも喜んでやるからね。そこで彼らはわたしを雇ったのさ」

「彼らとは？」

「クラークとティルフォードだよ」

「ああ、そうか、おれの人生の四年間をフイにした、あの卑劣な嘘《うそ》つきどもか」

ホーガンは指を振った。「きみはあのふたりには近づけないよ。関係当局には前もって警告が行ってるし、クラークとティルフォードには警察の護衛がついてる。二十四時間態勢でね」

「あいつらにはご親切なことだな」

ホーガンはいたずらっぽい笑顔を見せた。「だがきみは待つことができる、だろ？　何週間も何ヶ月も何年でもね。そしてついに復讐を遂げるんだろ？　きみは暇をつぶし、監視しながら待てばいい。必要とあらば百年でも」

「正直言って、百年は問題外だと思うがね」

「ああ、てことは、腹の中にすぐにでもやりたいことがあるんだな？　恐ろしく狡猾《こうかつ》な計画なんだろ？」

「なくてどうする？　考える時間はたっぷりあったんだ。そして、クラークが近眼だってことに、おれの弁護士が気づいてなけりゃ、いまだに砂を嚙むような監獄暮らしだったろうよ」

「まあ、クラークは自分が近眼だってことをはっきりとは知らなかったんだよ。みんなそんなふうに見えるもんだと思ってたんだな。あんまり物につまずくんで、うんざりした女房が検眼に行かせるまではね。だが実のとこ、近眼であろうがなかろうが、違いはなかったんだよ。彼はいずれにしても嘘をついただろうからね」

　おれは溜め息をついた。「なぜだ？」

「あれは出来心ってやつだったのさ」とホーガンは言った。「まったく冴《さ》えない平々凡々な人生を送るクラークって男がいた。来る日も来る日も同じことの繰り返しだ。女房にとっても、家族にとっても、隣人——世間にとっても、まったく取るに足らない人間だった。するとそこへ、この好機がめぐってきたってわけさ……つまり、注目を浴びるチャンスだ」

おれには信じられなかった。「要するにこういうことか、ただ単にクラークは注目を浴びたかったからってだけのことで、ほいほいと偽証して他人にでっちあげの罪を――」

ホーガンがさえぎった。「彼はきみにでっちあげの罪を着せることになると、はっきりわかっていたわけじゃないのさ。ただティルフォードに加勢しようと思っただけなんだ」

おれは深く息をついた。「それじゃティルフォードの方はどうなんだ？　なぜやつは嘘をついた？」

「自分の車を調べられたくなかったからだよ」

「トランクに死体でも入ってたのかね？」

「いや。マーガリン百ポンドだ」

おれは目を閉じた。

「さて、ここで想像してみてくれたまえ」とホーガン。「時は深夜午前二時。ティルフォードはちょうどイリノイ州の兄を訪ねた帰り道だ。そしてマーガリンを車に山と積んでいた。なぜなら近所で買うよりずっと安いからだ。そうして人けのない通りに車を走らせていると、警報装置が鳴り響くのを耳にする。どうやらカーネッキ・スーパーマーケットから聞こえるようだ。好奇心に駆られて車を停め、降りてショーウインドウの前へ行き、中をのぞき込んでみる。何も見えない。だがその時、パトカーが近づいてくるのが聞こえる。彼は関わり合いになりたくないと思って、車の方に後ずさりする。だがちょうどその時、最初のパトカーが停まり、銃を抜いて警官たちが飛び出してくる。迫ってくる警官たちを見て、彼はただちに彼らが何を考えているのかを悟る。警官たちは警報を鳴らしたのが彼だと思っているんだ。それで彼はパニックにおちいる」

「いったいなんでパニックにおちいらなけりゃならないんだ？　今日び、清廉潔白な人間がよもや警察を恐れることもあるまいに」その点に思い至り、おれは軽く咳払《せきばら》いをした。「続けてくれ」

「実際には、スーパーマーケットに押し入ろうとした廉《かど》で訴えられることを心配したわけじゃなかった。だが、警察は彼の潔白を確かめる際に、車を調べだしたりしないだろうか？　強盗の道具とかそんなものを捜して？　そしてその時にマーガリンが発見されて、新聞記事にでもなったりしたら？」

おれは首を振った。「ウィスコンシン州がいまだにマーガリンに制限的課税をしている、合衆国で唯一の州だってことは知ってる。だが州境を越える機会があればいつでも、ウィスコンシン州の住民がマーガリンを車にどっさり積み込むなんてのはありふれた習慣だし、所持しているのが見つかったからって、誰かが警察に逮捕されたなんて話はいまだかつて聞いたこともないが――」

「確かにね。だが忘れていないか？　裁判の時のことを？　ティルフォードはレイクサイド乳業で働いていたんだよ――バター部門でね。もしも彼が自分の家ではマーガリンを使っていたことが明るみに出れば、つまり……」

やっと話が呑み込めた。「やつの社会的なイメージが台無しになってた、か？　そしてあげくに、馘首《クビ》になってたってわけか？」

「まったくもって、そのとおり」とホーガンは言った。「そこで彼は適当に西の方を指さして叫んだ。『犯人はあっちへ行った！　裏道から逃げてったぞ！』とね」

「自分から注意をそらしたかったというのはわかる。だが自分の前に、あの近辺の通りから、おれやその他の五、六人が引っぱられてきた時、なぜあいつはただ、この中には見憶えのある者はいない、と言えなかったんだ？」

「そう言おうとしたんだ。しかし、そうこうする間にも、警察は根掘り葉掘り質問してくる。ひどく神経質になっていた彼は、警察が少し自分に疑いを抱きはじめているように感じたんだな。どのみち警察は自分の車を調べる気かもしれないと思ったんだ。それで彼はもう一度指さし、そして言った。『あいつだ！　あの男です！』」

おれを告発した、あの指先の記憶は今も心に食い込んでいた。「じゃあ、ジキル博士とハイド氏みたいな自分の二面性を守るためなら、あいつはおれを刑務所にぶち込んでもかまわなかったってことか?」

「それはちょっと違うな。彼としては、家に帰ってマーガリンを大型冷蔵庫にしまい、それから警察に戻って、すみません、間違いでした、と言うつもりだったんだ」

「だが、そうしなかったことはまぎれもない事実だ」

「そうだ。なぜなら、ティルフォードが面通しを終えるやいなや、自分が認められるチャンスをうかがっていたクラークが、そこに集まっていた小さな人だかりの中から進み出て、いわば、ダメ押しをしたんだ。それでそのあと、クラークの確認が正しかったのだと考えたティルフォードは、自分が証言をひるがえしてもまったく無意味だという結論に達したんだ。警察がまた疑いを持ちはじめて、自分に火の粉が飛んでこないとも限らなかったしね」

　おれは溜め息をついた。「そしてクラークの方はと言えば、テ、ィ、ル、フ、ォ、ー、ド、がほんとうのことを言っていると思っていたから、ちょっとばかりその注目を横取りしても大丈夫だと思ったたってとこだろうな?」

　ホーガンはうなずいた。「クラークが近眼で、そのくせ、きみの有罪決定の二ヶ月後まで眼鏡をかけたことがなかったということにマッキンタイアが気づくまで、ことはそんな具合に進んだのさ。クラークはのこのこと名乗り出て、嘘をついていたと告白するのは堪《た》えられなかったが、きみを見たかどうか、ほんとうはまったく定かでなかったということは認めた。それから言うまでもなく、ティルフォードはそれを聞くと良心にさいなまれ、ついに自分も実はもう確信が持てないと認めないわけにはいかなくなった。そして——そう、きみはここにいるというわけだ、晴れて自由の身になってね」

「クラークとティルフォードが当局に真相を話すつもりがないのは明らかだ。だが、なぜあんたはおれに話した？」

「きみの哀れみの情に訴えたかったからだよ。あのふたりはよこしまな人間ではない。ふたりはきみに悪意はなかったんだ」

「だが四年間の自由を奪った」

ホーガンは片手を挙げて制した。「クラークとティルフォードはこの件を何度も話し合った。おそらくちょっとした誤審があったのだろうということで意見の一致をみて、それできみとの関係改善をはかるために、それぞれがきみに週十五ドルを送ることにしたんだ。永久にね」

おれは顎《あご》をさすった。「無期限《アド・インフィナイタム》に、か？」

「そう」とホーガンは言った。「いずれにしろ、ずっとだ」

この申し出をおれは三十秒ほどじっくり考えた。「どうして連中はまとまった金をくれないんだ？　六千ドルとか？」

ホーガンは賢しげににやりと笑みを浮かべた。「そして六千ドル受け取ったあと、きみがクラークとティルフォードに復讐を遂げるのを阻むものが何かあるかな？」ホーガンはくっくと笑った。「ないね。わたしがふたりにこの支払い方法をアドバイスしたんだよ。そうすれば、きみは黄金の卵を産む鵞鳥《がちょう》を殺す気にはならないだろうからね」

おれはその言葉に、またしばらく考え込んだ。「そうだな、それで貸しはチャラだ」ようやくのことでおれは言った。

ホーガンとはなごやかに別れ、おれは近くのバーに行った。

運命とはなんと奇妙に変転するものだろう、とおれは思った。そう、おれはマット・ネルスンのところへ、財布に八七六ドル一四セントの小切手を入れて行ったのだ。おれの考えでは、借りは借りだ。たとえ相手がネルスンみたいなへっぽこ野郎だろうとも、だ。だが実際には逆に……。

おれはウィスキーをすすった。

クラークとティルフォードについては、ふたりの長寿を願っていたと言ったら嘘になるが、天寿を全うするのを邪魔だてするつもりもなかった……そして今や、おれは一万二千ドルと週三十ドルの年金を持つ身だ。

そうなると人は慎重になりがちだ——一か八かの大勝負を避けるようになる。

だが、それではだめだ。おれはやり遂げなければならない。これはプロとしてのプライドの問題だ。おれはかつて一度もしくじったことはないのだ。

そういうわけで、その夜午前二時に、おれはふたたびカーネッキ・スーパーマーケットの金庫の前に立った。そして今度は、うっかり警報装置に引っかかるようなドジを踏みはしなかった。

殺人哲学者

谷崎由依訳

男は小屋の戸口に立ち、わたしたちを待っていた。歓迎しているようですらあった。ハリーとわたしを交互に眺めて、微笑《ほほえ》んだ。「きちんとしたダーク・スーツに地味なネクタイ、黒い靴。予想通りだ」

「ジェイムズ・C・ウィーラーさんですね？」とわたしは言った。

男はうなずいた。まだ笑みを浮かべている。

ハリーが財布をかざして見せた。「これを失くされましたか？」

「いいや。失くしたのではない。死体のそばにわざと置いてきたのだ」

ハリーとわたしは顔を見合わせた。

「まあ、入りなさい」

ウィーラーの招きにしたがい、小屋へ入った。なかは清潔で、最小限の家具があるだけだ。

ウィーラーはコーヒーポットに手を伸ばし、蓋《ふた》を開けた。「死体はいつ見つけた？」

「お昼ごろです」とわたし。

男は挽《ひ》きたてのコーヒー豆を幾匙《いくさじ》かポットに入れた。「ちょっとした好奇心から訊《き》くが、あの娘の名前は？」

「キャロル・ウィズニーフスキー」

ハリーが答えると、ウィーラーは肩をすくめた。

「その名前も、わたしにはなんの意味もない」

わたしは簡易ベッドに置かれたライフルを手に取り、その遊底を引き戻した。使用済みのカートリッジが床に転げ落ちた。「捕まりたかったってわけですか？」

「無論だ」ウィーラーは言って、ポットを小型のストーブに置き、ガスボンベの栓《せん》を開いた。「わたしはいま四十歳だが、成人してからほぼすべての時間をこの小屋ですごしてきた。みずから進んでだ」そしてマッチを吹き消した。「退屈な人生だと思うか？」

ハリーが肩をすくめた。「どうですかね。狩りや釣りでもしてたんでしょう」

ウィーラーは首を振った。「いや、狩りも釣りもやらない。わたしは最も偉大な冒険にふけってきた。それは、ものを考えることだよ」

男はパイプと煙草《たばこ》入れを手にした。「二十一歳になってすぐ、父が死んだ。残された遺産はわずかだった。一年かそこらで使い切ってしまう額だが、わたしはここに住むことを選んだ。つねに世の中を避けようとしてきたんだ。つつましく暮らすことで、その金を二十年ばかり持たせた。けれど、いまはまったく残っていない。――まったくな」

「少女を殺したことと、どう関係するんです?」わたしは訊いた。

「そう先を急ぐな」とウィーラー。「そこでわたしは、生きるためには働かねばならないという見通しに直面した」そして満面の笑みを浮かべた。「いや、恐れるのは仕事そのものではない。仕事に伴う時間の浪費だ。わたしとわたしの思考とから盗み取られる時間のな。そして人生は一度きりだ。そうだろう」

「たしかに」ハリーが言った。「少女は十四歳でした」

ウィーラーは肩をすくめた。「そしてついに、問題の解決策を見出した。唯一の解決策、それは刑務所に入ることだ。そこでは食料と衣類が与えられる。だがなにより も、思索のための時間の自由が与えられるのだ」

ハリーはライフルを調べている。「刑務所では働かなくてすむと思ってるんですか?」

ウィーラーは笑った。「きみたちの刑務所の進歩的なシステムはすっかり調べあげた。時間を割いてね。ただ労働を拒否すればよい。いかなる脅しも強制も受けないことはわかっている。独房に入れられるんだ」

「そしてあなたは、哲学者たるものパンと水のみにて思索しうる、と考えているのですか？」

わたしが訊くと、ウィーラーはパイプに火をつけた。「わざわざ調べたんだよ、さっきも言ったが。この州の独房は文字通り独り部屋で、それ以上のことはなにもない。ほかの囚人と同じ食事が支給されるし、読むものさえ持ち込んでいい」そして満足そうに笑った。「それは、至福の生活だと思うね」

ハリーはライフルを置いた。「刑務所に入りたかった、だから人を撃った？　あっさりと？」

男は眉《まゆ》をひそめた。「違う。あっさりじゃない。実行前には計画を練り、調査した。そして今朝、湖へ曲がる道を降りて待ち伏せした。やってきた最初の人間を撃った。それがたまたま、このキャロル・ウィズニーフスキーだった。でも誰でもよかったんだよ」

沈黙。目がわたしたちの上に注がれた。「狂っていると思うか？」

「わかりませんね」とわたしは言った。

男は目をむいた。「いいや、狂ってなどいない。逆だ。わたしは究極の正気に達したのだ。その認識にしたがえば、真に重要なものは自己の望み、自己の欲望、自己の人生、ただそれだけだ」

「だからキャロル・ウィズニーフスキーの人生は、あなたにはまったくの無意味だった？」

「そうだ。完全に無意味だ」ウィーラーはいきなり笑い出した。「わたしに我慢がならんのだな。わかるとも。警察署周辺にたどり着くまでに、わたしが何度もうっかり転ぶことくらい少なくともでっちあげられるだろうと、きみたちは思ってるんだろう？」

ハリーとわたしは黙っていた。

ウィーラーはテーブルの上の本のなかから、折りたたんだ紙片をひっぱり出した。

「医者からもらった供述書の写しだ。わたしが健康体であると保証している。とりわけ打ち身、打撲《だぼく》、骨折のたぐいは一切ありませんとね。確かめてみるかい？」

ハリーもわたしも紙片には触れなかった。

ウィーラーは部屋を眺め渡した。「この部屋には、失くして惜しいものはなにもない。純粋思考に必要とされる新たな余暇を、じつはむしろ楽しみにしているんだ。わたしの没頭していることは、人間存在を一冊の本の長さにまで抽出することだといえるかもしれない。いや、たぶん一篇の小論にまで、一行の言葉にまで」

「または一声の叫びにまで?」わたしは言った。

男は苛立《いらだ》っているようだ。「コーヒーの沸くのも待てないんだな。いますぐ署まで連れて行きたいのか」

わたしの従兄弟《いとこ》、ハリー・ウィズニーフスキーがポケットからナイフを引き抜いた。

わたしは微笑んだ。「刑事だなんて誰が言った?」

旅は道づれ

谷崎由依訳

「わたし、飛行機ってはじめてなのよ」ミセス・ラリーは言った。

ミセス・ボーマンは、しぶしぶ愛想笑いを返した。「わたしは二度乗ってます。セントルイスまで、結婚前に」

ミセス・ラリーは丸顔で、ちいさな茶色い目をしている。「バーニスと呼んでね」

「わたしはステラ」とミセス・ボーマン。「パサディナにいる母を訪ねるところなんです」

「カリフォルニアには誰も知り合いがいないの。でもずっと行ってみたくて。まだ若いうちにね」

ステラはすばやくバーニスの容貌《ようぼう》に目をやって、最後の一言にはコメントしないことにした。なにしろあと五時間は隣りどうしなのだ。

「わたし、ハリウッドに行こうと思うの。どうなることかしら？」バーニスはふふふと笑った。

「わからないわね」ステラはそっけない。

「ミネアポリスではちょっとした劇団に入ってるの。これまではずっと清純な少女役。でもいまは、成熟した大人の役を希望してる。演技の幅が広がるようにね」

「いつもなら、母のほうがシカゴへ来るんだけど。毎年一、二ヵ月うちに泊まっていくのよ」

「わたし、ほんとうは鉄道を使うべきだったと思ってる。夫は、ヘンリーっていうんだけど、鉄道の仕事をしてて。無料乗車券か割引券くらい手に入ったでしょうし」

「うちのウォルターも鉄道で働いてるわ。なかなか責任ある部署よ。でもわたしは飛行機のほうがいい」

「空の時代、ですからね！」バーニスはさも愉快そうに言った。

ステラも同意した。「時間もかからないし」

三十秒ほどの沈黙。そしてバーニスが言った。「お子さんはいます、ステラ？」

「いいえ」

「わたしもよ。いつかはと思うけど、いまは体型に気をつけなくちゃいけないから」

「兄には男の子がいて」ステラは言いかけたが、思い出すだけで口許《くちもと》がこわばるらしかった。「八歳なんだけど、うちに来るといつも目が離せないの。なんでも駄目にされちゃうから」

「うちはミネアポリスの郊外なの。たっぷり四分の一エーカー、農場スタイルよ」

「うちの家具は桜材なの。ベッドルームのセットだけで千二百ドル。ちょっとひっかかれても駄目になっちゃう」

「近所はどこも、二、三人、子どもがいるみたい。すごくうるさいし、いつも誰かがかかりっきりになってるわ」

「この前来たときは、絨毯《じゅうたん》にアイスクリームをこぼされちゃって。アイスクリームは買ってやらないでって、いつもウォルターに言ってるのに」

「うちでは家具にはあまりこだわってないの。演技のレッスン料がすごく高いから。でも精神力が鍛えられるし、人間として成長したと思うわ」

ステラはハンドバッグの位置を変えながら言った。「今年は母をシカゴに呼ばずに、わたしがパサディナまで行くとウォルターに言ったの。反対されると思ったのに、ウォルターはいやらしい笑いを浮かべて、『いいじゃないか。一石二鳥だ』ですって」

バーニスはため息をついた。「いつもならさんざんヘンリーと言い合いしなくちゃいけないんだけど、今年はどうした風の吹き回しか、すんなりチケットを買ってくれたわ。夫に欲しいものをねだるには、しつこくせがまないと」

「ウォルターがあんなこと言うなんて。わたし、もう少しで行くのをやめるところだったわ。あの人に思い知らせてやるためにね」

「グレゴーリっていう有名な映画監督、ご存じ？　以前、わたしたちがハイスクールの講堂でやった舞台を観てくれたの。五七年のことよ。監督、キャスト全員を褒《ほ》めていて、だからきっとわたしのことも憶《おぼ》えてるわ」

「母の家には、前庭の芝生《しばふ》のところにオレンジの樹があって、裏庭にはイチジクの樹が二本」

　バーニスは、金髪を後ろへ撫《な》でつけた。「毎週木曜には、うちで戯曲の朗読会をするの。そのときはいつも、地下室の作業場にヘンリーを閉じ込めちゃうのよ。知的なことには無関心で、邪魔ばかりするんだから」

　ステラは言った。「友達がうちに来るときは、ウォルターには映画に行っててもらうわ。さもないとあの人、丸太みたいにごろんとしてて、下手すると眠っちゃうこともある」

「ヘンリーは地下室じゅういじりまわすの」

「うちはアパートメントだから地下室はなくて。管理人室と収納庫以外、地下に部屋がないのよ。だから映画に行ってもらう。お酒を飲んでられるよりましね」

　バーニスもうなずいた。「わたしがヘンリーを地下に閉じ込めるのもそれよ」

ステラはしかめ面をした。「でもときどき、ウォルターは映画に行ってないんじゃないかと思う。息が、匂うのよ。ミントを嚙《か》んでてもわかるわ」

バーニスもそのことを考えた。「ヘンリーもときどき飲んでくるわよ。わたしが見張ってないとね」

「男は弱いわね。家のなかのことはみんな、わたしが決めなくちゃならない」

「昨日、ヘンリーの作業場へ下りてみたの。真夜中すぎまで起きて、なにしてるのって訊《き》いたわけ」

「ウォルターはうちの母が嫌いだけど。でもそれにしても、『一石二鳥』なんて言い方しなくてもいいじゃない」

「そしたらヘンリーは下卑《げび》た感じで笑って、まあときどきそういう笑い方するんだけど、それでね、爆弾を作ってるんだ、ですって。信じられる？　きっとまた飲んでたのよ」

「ウォルターも外では飲んでるんでしょうね。うちの人、週の半分は家を空けるの。仕事の都合で」

「ヘンリーもよ。あの人は機関士で、ミネアポリス＝シカゴ間を受け持ってるの」

ステラはびっくりして、ぽかんと口を開けた。「世間って、狭いわ。ウォルターも機関士で、担当の路線まで同じよ。たぶんふたりは、知り合いどうしじゃない？」

「かもね」バーニスはうっすらと微笑《ほほえ》んだ。「ヘンリーがこんなこと言ってたわ――機関士のなにがいいって、線路の両端に女をひとりずつ持てることだ」

およそ十五秒の沈黙があり、女たちは互いを鋭く見据えた。

ステラが先に口を切った。「ウォルターは体重が百六十ポンドぐらいで、髪が薄くなりかけている」

バーニスは色を失った。「ヘンリーは、目が青くて、金縁の眼鏡をしてるわ」

ステラも蒼白《そうはく》になった。「ウォルターは、右の下顎《したあご》の歯にブリッジを入れてる」

バーニスは目を閉じた。「ヘンリーは、……左のお尻に痣《あざ》がある」

そしてバーニスはいやでも思い出した。ヘンリーが荷作りをしてやると言ってきかなかったことを。それはいま、飛行機後方部の荷物室に置かれている。

おそらくスーツケースにはちいさな装置が入っていて、チッチッチッと動いている。

八時三十九分。ふたりは操縦室へ行き、この気狂いじみた話を説明しはじめた。

ミネアポリスからシカゴへと走る機関車の運転室では、機関士が腕時計を見た。この五分のあいだで十度目だ。

八時四十分。機関士は微笑んだ。

晴れやかに。

エミリーがいない

好野理恵訳

電話が鳴った。わたしは受話器を取った。「はい？」

「もしもし、あなた。エミリーよ」

わたしは一瞬絶句した。「どちらのエミリーさんですか？」

女は軽やかに笑った。「まあ、よしてよ、あなたったら。あなたの妻のエミリーよ」

「すみませんが、おかけ間違いでしょう」わたしは電話を切った。ぎこちない手つきで受話器を置く。

エミリーの従姉《いとこ》のミリセントがじっとわたしを見ていた。「顔面蒼白《そうはく》ね」

わたしは気づかれないようにちらりと鏡を見た。

「実際の顔色のことを言ってるんじゃないのよ、アルバート。ものの喩《たと》えよ。その態度を言ってるの。あなた、怯《おび》えてるみたい。ショックを受けてるみたいだわ」

「ばかなことを」

「電話、どなたから？」

「間違い電話だよ」

ミリセントはコーヒーをひと口飲んだ。「話は変わるけど、わたし昨日、町でエミリーを見かけた気がするの。でももちろん、そんなことありえないわね」

「もちろん、それはありえないよ。エミリーは今、サンフランシスコだからね」

「そうね、でもサンフランシスコのどこに？」

「聞いてないんだ。ただ友達を訪ねると言っただけでね」

「エミリーのことは生まれてからずっと知ってるわ。わたしにはほとんど隠しごとなんてないのよ。彼女、サンフランシスコに知り合いなんていないはずだけど。いつ戻ってくるの？」

「かなり長く家を空けることになるかもしれないな」

「どのくらい？」

「本人にもわかってなかったよ」

ミリセントは微笑《ほほえ》んだ。「あなた、前にも結婚歴があったのね、アルバート？」

「ああ」

「実際の話、エミリーと出会った時には、男やもめだったのね？」

「そのことを隠す気はなかったよ」

「最初の奥様は、五年前にヨットの事故で亡くなられたんだったわね？　船から落ちて溺《おぼ》れたんですって？」

「悲しいことに、そのとおりだよ。彼女はかなづちだったんだ」

「救命具は身につけていなかったの？」

「そう、動くのに邪魔だからと言ってね」

「あなたはその事故のただひとりの目撃者だったようね」

「そのようだね。少なくとも、ほかには誰も名乗り出なかった」

「奥様はあなたにお金を遺《のこ》したの、アルバート？」

「きみには関係のないことだよ、ミリセント」

　シンシアの遺産は、わたしが単独の受取人になっている五万ドルの生命保険証書、株券・債券各種合わせておよそ四万ドル分、それに小さなヨット一艘《そう》だった。

　わたしはコーヒーをかき混ぜた。「ミリセント、この家の買い手候補第一号は、きみにしようと思うんだ」

「買い手候補？」

「そうだよ。わたしたちはこの家を売ることにしたんだ。ここはエミリーとふたりきりで住むには、じっさい、広すぎるからね。もっと小さな家を買うつもりなんだ。共同住宅でもいいだろうし。掘り出し物を安く手に入れられたら、きみもうれしいんじゃないかと思ってね。わたしたちの間でなら、きっと満足できる条件で話がまとまるよ」

ミリセントは目をぱちくりした。「エミリーは絶対にこの家を売ったりしないわ。彼女が生まれ育った家なのよ。本人の口からその言葉を聞かなければ信じられないわ」

「その必要はないよ。彼女の委任状がある。知ってのとおり、彼女はビジネスの才覚はないが、わたしに全幅の信頼を寄せてくれているんだ。委任状は、あくまで合法的で公正なものだよ」

「よく考えてみるわ」ミリセントはカップを置いた。「アルバート、エミリーと出会う前、ついでに言えば、シンシアと出会う前は、あなた、何をして生計を立てていたの？」

「どうにかこうにかやってたよ」

ミリセントが行ってしまうと、わたしは屋敷の裏庭に散歩に出た。いつものように木の繁る小さな窪地に行き、倒木の上に腰をおろす。ここはなんと平和なんだろう。静寂があった。憩いの場所だった。この数日、わたしは頻繁にここを訪れていた。

ミリセントとエミリー。従姉妹《いとこ》どうし。ふたりは隣り合わせた広大な敷地に建つ、ほとんど瓜《うり》ふたつの二軒の大邸宅に住んでいた。そして、その事実から見て、ふたりが同じように裕福だと想像するのは無理からぬことだ。しかしながら、エミリーと結婚したあとでわかったのだが、この場合はそうではなかった。

ミリセントの所有財産が、ゆうに七桁《けた》を超えるのは間違いなかった。弁護士兼財務顧問のエイモス・エベリーが専任で管理しなければならないほどだ。

エミリーは、それに対して、屋敷と敷地のほかに所有するものはほんのわずかしかなく、地所を維持するために借金を重ねていた。使用人もブルースター夫妻のふたりだけに減らしていた。ミセス・ブルースターは、むっつりした無愛想な人物で、料理と、それから気分次第で掃除をした。一方、夫の方はかつては執事だったが、今はなんでも屋になりさがり、中途半端な庭仕事までやっていた。本来なら、この地所を手入れするには庭師がふたりは必要だった。

ミリセントとエミリー。従姉妹どうし。しかし容貌《ようぼう》も性格もこれほど似ていないふたりは想像するのもむずかしかった。

ミリセントはかなり背が高く、痩《や》せ型で、しっかり者だった。自分は知的だとうぬぼれ、周囲のすべての者の上に立って支配しようとする傾向があった。そして、その支配がエミリーにも及んでいたのは間違いのないところだ。わたしがエミリーをその支配から解放したことを、ミリセントがずいぶん根に持っているのはみえみえだった。

エミリー。身長は平均以下。体重はおそらく二十五ポンド太り過ぎ。気立てはいいが、輝くばかりの知性の持ち主とはお義理にも言いがたい。たやすく人の言いなりになる。そう、ただ、何かをこうと決めたら驚くほど頑固なところがあった。

屋敷に帰ってみると、エイモス・エベリーが待っていた。グレーのスーツばかり着ている、五十がらみの男だ。

「エミリーはどちらに？」彼は尋ねた。

「オークランドですよ」それを聞くとエベリーは考え込んだ。

「サンフランシスコと言おうとしたんです。オークランドは、湾を挟んですぐのところですよね？　いつもこのふたつがごっちゃになってしまうんです。両方の都市にとっては心外だと思いますがね」

エベリーは眉《まゆ》をひそめた。「サンフランシスコですと？　しかし、つい今朝がた、町でお見かけしましたよ。とてもお元気そうでした」

「ありえませんね」

「エミリーがお元気そうなのがありえないと？」

「あなたがエミリーを見かけたというのがありえないんですよ。妻は今もサンフランシスコです」

エベリーは自分の飲み物をひと口飲んだ。「どこで会ってもエミリーのことは間違えたりしませんよ。ベルト付きの薄紫色の服を着て、薄く透ける空色のスカーフをしていましたな」

「見間違いでしょう。それに今日び、女性たちは薄く透ける空色のスカーフなんか身につけませんよ」

「エミリーは身につけていましたよ。あなたに知らせずに戻ってきたということは?」

「ありませんね」

エベリーはじっとわたしを見た。「どこかお加減でも悪いのですかな、アルバート?手が震えているようだが」

「ちょっと流感気味でしてね」わたしは急いで言った。「手が震えるのはそのせいです。それよりエイモス、どうしてここへ?」

「特にこれといった用事はないんですがね。ただ、たまたま近所を通りかかったもので、ちょっと寄ってエミリーにお会いしようかと思いまして」

「だから、妻はここにはいないと言ってるでしょう」

「わかりましたよ、アルバート」エベリーはなだめるように言った。「あなたを疑っているわけではありませんよ。あなたがここにいないと言うのなら、彼女はここにはいないんでしょう」

火曜日と木曜日の午後は、食料の買い出しに行くのが習慣になっていた。ミセス・

ブルースターの計算能力に疑いを抱きはじめて、わたしがやることにした仕事だ。いつもどおり、スーパーマーケットの駐車場に車を停《と》め、ロックした。顔を上げると、通りの反対側を、小柄で小太りの女がそのブロックの向こうへと歩いていくのが目に入った。女は薄紫色の服を着て、空色のスカーフを巻いていた。この女を見るのは、この十日間で四度目だった。

わたしは急いで通りを渡った。女が角を曲がった時、まだ七十五ヤードぐらい遅れをとっていた。

女に止まれと叫びたい誘惑と戦いながら、小走りになった。

角を曲がると、女の姿はなかった。十軒ほどある店のどこかに姿を消したのかもしれなかった。

息を整えようと、わたしはその場に立ち止まった。その時、一台の車が歩道脇《わき》に停まった。

ミリセントだった。「あら、アルバートじゃない？」

わたしはそっけなく彼女を見た。「ああ」

「いったいぜんたい、何してるの？　走ってるのが見えたけど、あなたが走ってるところなんて初めて見たわ」

「走ってなんかいないよ。血のめぐりを良くするために早足で歩いていただけさ。適度のジョギングは健康にいいんだ」

こっちから別れを告げて、わたしは大またでスーパーマーケットへ戻った。

翌朝、窪地の散歩から戻ると、ミリセントが客間にいた。自分でコーヒーを淹《い》れていたが、その点を除けば、我が家にいるようなくつろぎようだった——エミリーが独りでこの屋敷に住んでいた頃からの習慣だ。

「二階へ行って、エミリーのクローゼットを調べさせていただいたわ」ミリセントは言った。「失くなっているものは見当たらなかったわ」

「なぜ、何かが失くならなくちゃならないんだい？　この家に泥棒が入ったとでも？　さぞかしきみはエミリーのクローゼットを隅から隅まで知り尽くしてるんだろうな？」

「隅から隅までというわけじゃないけど、ま、だいたい、ほとんどはね。そして何か失くなっているとしても、ほんのわずかみたいだわ。エミリーが手荷物も持たずにサンフランシスコに行ったなんて言わないでちょうだいね」

「手荷物はあったよ。大して多くはなかったけどね」

「出かける時の服装は？」

ミリセントは前にもその質問をしたことがあった。今回はこう答えた。「憶《おぼ》えてないな」

ミリセントは眉を吊《つ》り上げた。「憶えてないの？」彼女はカップを置いた。「アルバート、わたしね、今夜、家で降霊会を開くつもりなの。きっとあなたも来たいんじゃないかと思って」

「降霊会なんてものに行く気はないよ」

「今は亡き愛する人と話をしたくはないの？」

「死者の眠りは妨げるべきじゃないと思うんだ。わざわざこっちに引き戻して、浮世の些事《さじ》にわずらわすこともあるまい」

「最初の奥様と話をしたくないの？」

「いったいなんで、わたしがシンシアと話したいと？　どのみち彼女に話すことなんか、ひとつもないよ」

「でも奥様の方は、あなたに言いたいことがあるんじゃないかしら」

わたしは額をぬぐった。「きみのばかげた降霊会に行くつもりはない。この話はもう終わりだ」

その晩、寝支度をしながら、エミリーのクローゼットの中を調べた。この服をどうやって処分したものだろう？　たぶん、どこかのご立派な慈善団体に寄贈するのがいいだろう、とわたしは考えた。

音楽が聞こえて、午前二時に目が覚めた。

わたしは聞き耳を立てた。そう、明らかにそれは階下のピアノが奏でる、エミリーお得意のソナタだった。

スリッパをつっかけ、ガウンをはおった。廊下に出て、灯りをつける。階段を半分降りたところで、ピアノの演奏がやんだ。わたしは階段を降りきり、音楽室のドアの前で立ち止まった。ドアに耳をつける。何の物音もしない。ゆっくりとドアを開け、中をのぞき込んだ。

ピアノの前には誰もいなかった。しかし、燭台《しょくだい》に立てられた二本の蠟燭《ろうそく》の火が、ピアノの上でちらちらと揺れている。部屋は冷え冷えとしていた。ぞっとするような寒さだった。

カーテンの背後から隙間風《すきまかぜ》が入ってくるのに気づき、テラスに通じるフランス窓を閉めた。蠟燭を吹き消し、部屋をあとにした。

階段の上でブルースターに出くわした。

「ピアノの音が聞こえたように思うんですが。旦那様でしたか?」

わたしは両手のひらをガウンでぬぐった。「そうだとも」

「旦那様がピアノをお弾《ひ》きになるとは存じませんでした」

「ブルースター、おまえがわたしに関して知らないこと、決して知り得ないことなど、星の数ほどあるんだよ」

わたしは自室に戻り、半時間待ってから着替えをした。戸外の冴《さ》えわたる月明かりの下を、庭の納屋《なや》へと向かう。戸の閂《かんぬき》をはずし、灯りをつけ、ガーデニング用具を調べた。そして壁の棚にある道具に目を向けた。

溝掘り用の柄の長いスコップを降ろして、先にこびりついた少しばかりの泥を叩《たた》き落とす。それを肩に担ぎ、窪地に向かって歩き出した。

あと少しで着くというところで立ち止まり、わたしは物憂《ものう》げな溜《た》め息をひとつついた。そして頭を振ると、納屋に取って返した。スコップを棚の元の場所へ戻して灯りを消し、ベッドへと戻った。

翌朝、朝食を取っていると、ミリセントが立ち寄った。

「今朝はご機嫌いかが、アルバート?」

「だいぶいいよ」

ミリセントはテーブルにつき、ミセス・ブルースターがカップを運んでくるのを待った。

ミセス・ブルースターはついでに朝の郵便物を持ってきた。たくさんの広告や何通かの請求書に混じって、わたし宛ての小さな青い封筒があった。

わたしはその封筒をつぶさに調べた。筆跡も香りも、なじみ深いものに思えた。消印はこの町のものだ。

封を切り、一枚の便箋《びんせん》を引っぱり出す。

愛するアルバート
あなたに会えなくてわたしがどんなに寂しいか、わからないでしょうね。もうすぐ家に帰ります。アルバート、もうすぐよ。
エミリー

便箋を封筒に戻し、ポケットに滑り込ませた。

「それで?」とミリセントが訊《き》いた。

「それで、何だい?」

「その封筒の字はエミリーの筆跡だったと思うんだけど。彼女、いつ戻るんですって?」

「エミリーの字じゃないよ。これはシカゴにいるわたしの叔母《おば》からの手紙さ」

「シカゴにあなたの叔母様がいるなんて、初耳だわ」

「ミリセント、安心したまえ。シカゴにはわたしの叔母がい、る、んだよ」

その晩、わたしはベッドの中で寝つけずにいた。すると、サイドテーブルの上の電話が鳴った。わたしは受話器を取った。

「もしもし、あなた。エミリーよ」

わたしは五秒の間を置いた。「おまえはエミリーじゃない。偽者《にせもの》め」

「待ってよ、アルバート、どうしてそんなに頑固なの？　わたしに決まってるじゃない。エミリーよ」

「そんなはずはない」

「なぜ、そんなはずがないの？」

「なぜなら」

「なぜなら、何？」

「どこからかけてるんだ？」

女は笑った。「あなた、びっくりすると思うわ」

「おまえがエミリーであるはずはないんだ。わたしは彼女がどこにいるか、そして、ただ、もしもしと言うだけのために、こんな夜中に電話をかけられない――かけようと思わない――ってことを知っているんだ。もう真夜中をとうに過ぎているんだぞ」

「あなたはわたしがどこにいるか知ってると思ってるの？　いいえ、もうそこにはいないわ。あそこはとても居心地が悪いんだもの。ひどく居心地が悪いのよ。だからわたし、出てきたの。アルバート、出てきたのよ」

わたしは声を荒らげた。「何を言ってるんだ、おまえがまだあそこにいることを、わたしは証明できるんだぞ」

女は笑い声を立てた。「証明？　そんなこと、どうやったら証明できるの、アルバート？　おやすみなさい」電話は切れた。

わたしはベッドから出て着替えた。階下へ降り、書斎に寄った。自分で酒を作ってゆっくりと飲み、それからもう一杯作った。

最後に腕時計を見た時には、午前一時近かった。夜の冷気に備えて軽いジャケットをはおり、庭の納屋へ向かった。戸を開け、灯りをつけ、棚から柄の長いスコップを引っぱり出す。

今度は途中で引き返すことなく窪地まで行った。大きな楢《なら》の木の傍《かたわ》らで立ち止まり、月光に照らされる森の空き地を見つめた。

わたしは歩数を数えながら、おもむろに歩き出した。「一歩、二歩、三歩、四歩――」十六歩のところで立ち止まり、九十度向きを変えた。それからさらに十八歩進んだ。

そして穴を掘りはじめた。

掘りはじめて五分ぐらい経った時、突然、耳をつんざくような呼び子の音がしたかと思うと、わたしはたちまち、十個はあろうかと思われる懐中電灯の光と、近づいてくる人声に取り囲まれた。

閃光《せんこう》から目を庇《かば》うと、ミリセントがいるのがわかった。「いったい何ごとだね、これは？」

彼女は容赦《ようしゃ》なく歯をむきだした。「エミリーがほんとに死んでいるか、確かめずにはいられなくなったのね、アルバート？　そして、確かめる方法はただひとつ、彼女のお墓に戻ってくることだものね」

わたしは背筋を伸ばした。「わたしはね、インディアンの矢尻を探しているんだよ。月の光の下で見つかれば、見つけた者に何週間かツキをもたらすという古い言い伝えがあるのでね」

ミリセントはわたしの周りに集まった連中を紹介した。「エミリーの身にほんとうは何が起こったのか、わたしが疑いはじめた時から、あなたは二十四時間、私立探偵たちの監視下に置かれていたのよ」

彼女はさらに別の連中を手で示した。「ミス・ピーターズ。とても上手な声色《こわいろ》師よ。あなたが電話で聞いたエミリーの声はこの人。ピアノも弾くのよ。それからミセス・マクミラン。エミリーの筆跡を再現したのはこちら。それに薄紫色のドレスと空色のスカーフの女も演じてくれたわ」

ミリセントの家の使用人もこの場に勢揃いしているようだ。エイモス・エベリーとブルースター夫妻までいる。明日、馘首《クビ》にしてやろう。

探偵たちはそれぞれスコップや鋤《すき》を持参で、そのうちのふたりがわたしに代わって、掘りかけの浅い窪みに入り、穴を掘りはじめた。

「おい！」わたしは憤りをあらわにした。「きみたちにそんなことをする権利はないぞ。ここはわたしの土地だ。百歩譲ったとして、捜索令状が要るんだ」

ミリセントはそれを聞くと嬉々《きき》として言った。「ここはあんたの土地じゃないわ、アルバート。わたしの土地なの。あんたは境界線を六歩踏み越えてるのよ」

わたしは額をぬぐった。「もう家に帰る」

「あんたを逮捕するわ、アルバート」

「ばかを言うんじゃない、ミリセント。こいつらの中に制服を着たまともな警官なんか、いないじゃないか。この州では私立探偵には人を逮捕する権限はないんだぞ」

一瞬、ミリセントはしまったという顔をしたが、その時、閃《ひらめ》いた。「市民逮捕（重罪の現行犯を市民の権限において逮捕すること）よ。どんな市民にも市民逮捕を行なう権限があるわ。そしてわたしだって市民ですからね」

ミリセントは鎖《くさり》に吊るした呼び子をくるくると回した。「ついに尻尾《しっぽ》を出したわね。ゆうべももうちょっとで彼女を掘り返すところだったんでしょ？　でもあの時は気が変わってしまった。まあ、どっちにしろ同じことですけどね。ゆうべならこれだけ大勢の目撃者を集められなかったわ。今夜は準備万端整えて待っていたのよ」

私立探偵たちは十五分ぐらい掘って、それから休憩を取った。ひとりが顔をしかめた。「もっと楽に掘れるはずなんですがね。この地面は以前掘り返されたことはないみたいですよ」

探偵たちは作業を再開し、結局、六フィートの深さに達したところで諦《あきら》めた。鋤を持った男が穴から這《は》い上がってきた。「くそ、ここには何も埋まってませんよ。見つかったものといったら、インディアンの矢尻がたったひとつだ」

ミリセントはこの三十分間、わたしの顔をにらみつけていた。

わたしは微笑んだ。「ミリセント、なぜわたしがエミリーを埋めた、なんて考えるんだい？」

そう言い棄てると、わたしは連中をあとに残して家へ戻った。

舌を巻くようなミリセントの策略と二十四時間態勢の監視に気づいたのはいつだったろう？　ことのほぼ最初からではないだろうか。わたしはけっこう勘がいいのだ。ミリセントの狙いは何だったのか？　思うに、わたしを恐慌状態に追い込んで、しまいには神経衰弱にし、エミリー殺しを自白させられると踏んだのだろう。

正直に言って、そんな強引な計画を成功させようとは、どだい無理な話だ。しかし、ミリセントがやろうとしていることに気づいた時、わたしの方で、つい、山っ気が出てしまったのだ。

この計画、この芝居を始めたのはミリセントかもしれない。だがあの窪地へと彼女を誘導したのは、このわたしだ。

ちょっとばかりやりすぎたかな、と思った時も多々ある――かいてもいない汗をぬぐったり、薄紫色の服の女が歩き去るのを追って走ったりといったことだが――逆に言えば、わたしはそうした反応を期待されていたと思うし、必死でわたしを監視している連中を失望させたくなかったのだ。

思わせぶりに窪地を行ったり来たりしたのは、われながら上出来だと思った。そして前夜、スコップを肩に担いで行きかけて途中で引き返したのは、二十四時間後のフィナーレに大勢の観客を確保するつもりだったからだ。

数えたところでは、ミリセント以外に十八人の目撃者がいた。

わたしはよくよく考えた。名誉毀損《きそん》にしようか？　口頭誹毀《ひき》にするか？　それとも共同謀議？　誤認逮捕？　たぶん名目はもっといくらでもあるだろう。

莫大《ばくだい》かつ非現実的な金額を求めて訴訟を起こすと脅かしてもいい。それが今日流のやり方ってものではなかろうか？　二千万でどうだ？　むろん、金額は実際には問題ではない。なぜなら、この一件を法廷に持ち込めるかどうかは、はなはだ疑わしいからだ。

いいや、ミリセントはこの一件が表沙汰《おもてざた》になるのには堪えられまい。自分がしでかした愚行が世間に知れ渡るのは我慢ならないに違いない。仲間うちで物笑いのタネになるなど、彼女に許せようはずがないのだ。

当然、彼女はできる限りの口止めを試みるだろう。居合わせた者たちを買収して口を封じるために、こっちに数ドル、あっちに数ドルとばらまく。だが十八人ものてんでバラバラな人間たちの完全な口止めなど、真剣に望めるものだろうか？　おそらく否だ。しかし、噂話《うわさばなし》が広がりはじめた時、当の主役が一緒になって、そんなばかげた出来事は一切起こらなかったと、きっぱり否定してやれば、ミリセントにとっては、まさに地獄で仏といったところだろう。

そしてわたしはミリセントのためにそうすることにしよう。見返りと引き換えに、だ。莫大な見返りをいただこうではないか。

その週末、電話が鳴った。

「エミリーよ。これから家に帰るわ」

「そいつは素晴らしい」

「わたしがいなくて寂しがってた人がいた？」

「きみが思いもかけないくらいにね」

「この四週間、わたしがどこにいたか、誰にも言わなかったでしょうね、アルバート？　特にミリセントにはね？」

「特にミリセントには内緒にしといたよ」

「彼女には何て？」

「きみはサンフランシスコの友達を訪ねてるって言っといた」

「あらまあ、わたし、サンフランシスコに知り合いはいないのよ。彼女、疑ってるかしら？」

「ああ、たぶん、ちょっとぐらいはね」

「ミリセントは、わたしには意志の力なんて全然ないって思ってるの。でもほんとはわたしにだってあるのよ。だけど、もしも挫折した時、彼女に笑われるのがいやだったの。ええ、断食道場へ行くなんて、ある意味、ズルい手だと思うわ。食事をすっかり管理されてて、食べ物に誘惑されようがないんだもの。でもわたし、ほんとにやり抜いたのよ。帰ろうと思えばいつでも家に帰れたんだけど」

「きみの意志の力は大したものだよ、エミリー」

「三十ポンドも減ったのよ！　そしてこれからは食べる量も減るはずよ。もうわたし、どこから見てもすっかりスリムなの、シンシアみたいにね。ほんとよ」

　わたしは溜め息をついた。エミリーがいつまでも先妻と自分を比べる理由などまったくないのだ。ふたりは別個の存在だし、それぞれが確固として、わたしの愛情を占めているのだから。

かわいそうなシンシア。彼女はひとりであの小さなヨットに乗ると言ってきかなかった。わたしはヨットクラブの窓辺でマティーニを飲みながら、どんよりとして寒い港を見ていた。

あのうら寂しい日に水上に出ていたのは、シンシアのヨットただ一艘だけのようだった。そして予期せぬ突風に見舞われたらしく、わたしの目の前で船が急な角度に傾き、シンシアは海に投げ出された。わたしはすぐに助けを呼んだが、わたしたちがそこへ着いた時には手遅れだったのだ。

エミリーも溜め息をついた。「服を全部新調しなければならないと思うの。家にそんなお金、ほんとにあるのかしらね、アルバート？」

あるとも。今なら新調できるさ、いくらでもね。

切り裂きジャックの末裔

藤村裕美訳

「わたしは切り裂きジャックの直系の子孫なんです」ポムフレット氏は言った。

「ほんとうですか?」

彼はうなずいた。「家によっては、秘伝のレシピが何世代にもわたって受け継がれますよね。うちの場合は、あの瞠目すべき、いまだ世に正体を知られていない男の血を引いているという事実が、そのレシピに相当するんです」

患者のなかには、寝椅子《ねいす》に横になるのを選ぶ者がいる。ポムフレット氏はそのひとりで、いまは横たわったまま、ぽっこりしたお腹の上で心地よさそうに両手を組んでいた。

彼は上着の胸ポケットから、一枚の紙を取りだした。「うちの系図をご覧になりますか?」

わたしが予想していたのは、ジューク家やカリカック家（犯罪者の家系として遺伝・家系研究の対象とされた）のような複雑な系図だったが、彼の家系図は枝分かれしていなかった。ひとり息子がつながって、十九世紀の帳簿係までさかのぼっていた。

わたしはもう一度、ポムフレット氏を観察した。穏やかな青色の、かすかにうつろな目をしており、仰臥《ぎょうが》した状態で、見るからにくつろいでいる。

「ポムフレットさん。これまで精神科にかかったことはありますか？」

彼はためらった。「ええっと……あります」

「何回ほど？」

「四回」

「では、以前の医者はどうして通うのをおやめになったんですか？」

「もう必要ないと思ったからです」

おおかた医者があくびをしているのに気づいたからだろう、とわたしは踏んだが、口に出しては、こう言った。「ところが、今度はわたしのところへ来られた？」

「ええ……ここのところ、また悪化してるようなので」

「悪化してる？　何がです？」

「人を切り刻んでやりたい、という激しい衝動に駆られるんです」彼はこちらに顔を向けて、愛想よく微笑した。「先生はわたしを助けてくれなくちゃいけません。絶対に」

すぐそばの電話が鳴り、わたしは受話器を取りあげた。

電話の主はヘンリー・ウィルカースンで、ヒステリックな声が部屋にまで流れだした。「先生、いまタールトン・ビルの十二階にいる。これから飛び降りるよ！」

「そうですか。それなら、どうしてわたしに電話してきたんです？」

おそらくあっけにとられたのだろう、一瞬、間《ま》が生じた。「先生、先生はぼくを説得して、身投げを思いとどまらせはしないのか？」

「わたしは患者の自発的な自己表現には干渉しないことにしています」

ふたたび沈黙。「十二階って言ったんだ。こいつはかなりの高さだよ」

「ためらうのはごもっともです。なんなら、十一階からにしてみてはいかがですか？」

彼は涙をこらえようとしているようだった。「先生、あんたは全然、助けになってくれない」電話が切れた。

ポムフレットは身を起こして座っていた。目を丸くしている。「いったいあなたはどういうたぐいの精神科医なんです？」

「冷酷で、有能な、ですかね。それに、たまたま知ってるんですが、タールトン・ビルは八階までしかありません。彼が電話してきたのは、おおかた地上にある電話ボックスからでしょう」さらに、つけ加えれば——といっても、ポムフレットには話さなかったが――ウィルカースンが投身自殺を図ろうが図るまいが、そんなことは、わたしにはべつに関心はなかった。「さあ、また横になってください」

彼はいくらかためらいがちに、言われたとおりにした。

「結婚していらっしゃいますか？」

「いいえ」

「独身のおばさんと同居していらっしゃる？」

「姉とです。姉は独身ですが」

この返事は、わたしの推論の正しさを充分に裏付けてくれそうだった。「何かほかに趣味はありますか？」

「ほかに、というと？」

精神分析を受けること以外、という意味だったが、こう言いなおした。「何か趣味はありますか？」

「いいえ。以前は煙草《たばこ》を吸いましたが、いくつか記事を読んでからはやめました」

わたしは新しい用箋《ようせん》のいちばん上に彼の名前を書き、ボールペンを構えた。「頭に浮かぶことを話してください」

彼は目を閉じて、体を楽にした。「どこから始めましょう？」

「いつもはどうするんですか？」

「いちばん古い記憶から。わたしは生後十八か月で、車に酔ってました。一九二四年、エセックスでのことです」

ポムフレットの声にはどこかしら酔わせるような感じがあって、わたしは知らないうちに、もの思いにふけっていた。三十分後、われに返ったときには、ポムフレットは子供時代の、深い精神的外傷《トラウマ》を引き起こした体験のひとつを物語っているところだった。彼は安物雑貨店の店先から、鉛筆削りを万引きしたのだ。

わたしは話をさえぎった。「その、人を切り刻んでやりたいという激しい衝動なんですが、どういうときに起きるんですか？」

「霧の深い晩、満月の夜です」

「霧が深いのに、どうして満月だとわかるんです？」

彼は論理の矛盾を突かれて、顔を赤くした。「ただ、感じるんです」

「で、いままでに実際に切り刻んだことは？」

「いえ……ありませんけど」彼はむきになった。「でも、ほんとうにむちゃくちゃな、激しい衝動なんです。とうてい抑えが利かないほどの」

ポムフレットは〝むちゃくちゃな、激しい衝動〟を覚えるような性分だろうか？誤診のおそれをさほど感じることもなく、わたしは、それは大いに疑問だと判定を下した。人はみな、現実であれ、想像であれ、月並みな存在から一歩抜きんでたくて、他人とは違う特質を求めるものだ。ポムフレットの場合、彼が選んだのは、自分が切り裂きジャックの末裔《まつえい》であり、あの殺人鬼と同じような行動がとれると思いこむことだったのだろう。「ポムフレットさん、ご自分が切り裂きジャックの末裔であると、どうしておわかりになるんですか？」

彼は得意そうに微笑した。「日記があるんです。父から息子へと、ほぼ百年にわたって受け継がれているんですよ」

わたしは腕時計に目をやった。「きょうはここまでにしておきましょう。次は、水曜の朝十時にいらしてください」戸口まで見送りに出たとき、ふとあることを思いついた。「次にいらっしゃるときには、その日記を持ってきてください」

その晩夕食のあと、わたしは妻のローレットが、化粧テーブルの鏡の前で身づくろいするのを眺めていた。

彼女がわたしの鏡像を見やった。「忘れてないといいけど、今夜はカースンさんのお宅でパーティよ。イヤリングはどっちがいいかしら？　白、それとも緑？」

「緑」

妻は白いほうを耳元に近づけた。「白にする」

「だったら、どうしてわたしに訊《き》く？　緑がいい」

彼女はこちらをふり返って、にらみつけた。「白よ」

「緑」

ローレットはふたり姉妹の妹で、彼女たちの父親は二百万ドルの財産を所有していた。鉄の意志の女だが、あいにく、わたしの意志は鋼鉄製だった。

「あなたったら、子供みたい」ローレットは言った。「白よ」

「子供みたいなのは、おたがいさまだ。しかし、譲る気はない。緑だ」

年下にもかかわらず、彼女は父と姉のメラニーを支配してきた。わたしは当初、三人にとっては、そういうあり方が好都合なのかもしれないと思っていた――父と姉は指揮をとってもらう必要があるのだろうと。だが、その後、それを疑う理由が生じた。父親が逝去《せいきょ》にあたり、全財産を――年わずか一万ドルの手当てをのぞいて――メラニーに遺《のこ》したのだ。

ことのなりゆきに、わたしは少なからずショックを受けた。

義父がこういう挙に出たのは、わたしがローレットと結婚したのを財産目当てだと判断したから――たしかにそれは事実だった――かもしれないし、ローレットの支配を恨んだ、一種の復讐《ふくしゅう》だったのかもしれない。実際の動機がどうあれ、遺言書のなかで彼が言明していたのは、わたしの精神科医としての収入をもってすれば、ローレットは充分適切に扶養可能と思われる、ということだった。

裁判に訴えて遺言書の無効を申し立てようかとも思ったが、そんなことをしても無駄だとすぐわかった。義父は抜けめなくも、遺言書を作成する前に、自分が正気であって心神喪失状態にはないことを、三人の精神科医から証明してもらっていたのだ。ローレットは緑のイヤリングを手に取って、つけはじめた。「いったいどうして精神科医なんかになったの？」

「両親にそれだけの余裕があったから」

妻は自分の鏡像を、最後にもう一度点検した。「お金がたくさんあったら――ほんとうにたくさんよ――あなたは人生をどう変える？」

「診察所のドアに錠をおろして、二度ともどらない」

彼女はコートをはおった。「タクシーを呼びましょう」

「うちの車だ」

「タクシー」

わたしたちは自家用車で行き、カースン邸に着いたのは八時半ごろだった。

やがて、ふと気づくと、隣りに、客のひとり、ネヴィンズ医師がいた。

彼は熱心に語った。「転換ヒステリーの症例がひとつ、片づいたところなんですよ。その男は音楽の才能がまったくないのに、母親からピアノの練習を強制され、あげくにコンサートピアニストにさせられた。二十一歳の誕生日に、彼は両手を麻痺《まひ》させることによって、独立を宣言しましてね」

わたしはあくびをした。「最近、ゴルフはどうです?」

「ゴルフはやりません。とにかく、ついに母親が亡くなると、棺を埋葬しているあいだに、麻痺は消えた。いまではすっかり元どおりです。中古車セールスの仕事につきましたよ」

ひとりの若い男——カクテルグラスを片手に、人の輪から人の輪へと渡り歩く輩《やから》だ——が、わたしたちのほうへやってきた。「おふたりとも、お医者さんですか?」

わたしたちはそうだと認め、相手が病状を訴えるのを待った。

男は首をかしげた。「人が医者になる理由はたくさんあります。名声とか、金とか、医学が好きだからとか……」さかしげな笑みを浮かべた。「人類を救いたいという情熱に燃えているからとか」ネヴィンズを指さして言った。「あなたはどうして医者になったんですか?」

ネヴィンズは自信を持って答えた。「医学が心底好きだからです」

青年は悲しそうに首を横にふった。「病人が好きだという人は、どこかおかしいとお思いになりませんか? 病気が好きな人がどこにいます」彼は離れていった。

ネヴィンズはややとまどった面持ちで、わたしのほうを向いた。「あなたはどうして医者になったんですか?」

「人類を救いたいという情熱に燃えているからですよ」

ローレットの姉のメラニーは、パーティ会場に九時に現われた。メラニーとわたしは視線を交わしただけで、挨拶《あいさつ》はしなかった。

その晩一度だけ、彼女はわたしの手にそっと触れた。

わたしは微笑し、低い声で言った。「気をつけて。見てる人がいるかもしれない」

十一時半、わたしはローレットのそばへ行った。「家に帰る時間だ」

彼女は渋面を作った。「まだそういう気分じゃないわ」

「わたしはそういう気分なんだ」

わたしたちはにらみあった。やがて、彼女は女主人のほうを向いて、わびるように肩をすくめ、わたしの掲げているコートをはおった。

水曜日、ポムフレットは十時きっかりに現われた。

彼は緑色の大型冊子をさしだした。「じつを言うと、これは十二冊あるうちの一冊なんです。でも、殺人に関することはすべて、この一冊に書かれてます」

わたしは大型の日記帳を疑いの目で見た。

「関係のありそうな箇所には、しおりをはさんでおきました」ポムフレットはすかさず言った。「全部、お読みいただく必要はありません」

わたしは日記帳を受けとって座った。しおりのはさまれたページの一節を読み終えると、残りの部分にもざっと目を通した。

ハイラム・ポムフレット――これが切り裂き魔のフルネームだった――は独《ひと》り者《もの》で、独身の姉といっしょに住んでいた。仕事は東インド会社の簿記係。日記に記されているのは大部分が、朝何時に起きて、何時に床《とこ》についたか、何を食べて、肝臓の具合はどうだったか、というようなことばかりだった。

わたしは煙草に火をつけた。それぞれの殺人は――この日記が本物で、彼が嘘《うそ》をついていないのなら――いずれも姉との激しい口論の直後に起きていた。実際、言葉を尽くして描写しているのは口論のほうで、殺人ではなかった。

そして、姉が死ぬと――おそらくは自然死で――殺人の衝動はぴたりと治まった。

わたしは両のてのひらの上で、日記を数回、ひっくり返した。「これ、お借りできませんかね？　もう少しくわしく調べてみたいんです」

一瞬ためらってから、彼は承諾した。「でも、ほかの人には見せないでくださいよ」

「もちろんです」わたしはしばらく煙草の煙を見つめていた。「例の衝動に駆られたときには、どうなさるんですか？」

「どう、というと？」

「つまり、ただ横になって、その衝動が治まるのをお待ちになる？　それとも、ほかに何か方法があるんですか？」

「散歩にいきます」

「散歩にいかれる?　それだけ?」

「いえ……ちょっと考えて……想像してみるんです……自分は切り裂きジャックだと……獲物を探して……歩きまわって……」

「でも、実際には何もなさらない?」

彼はほとんど恥じ入るような顔つきになった。「ええ」

待合室の外のドアが開いて、閉じるのが聞こえた。次の患者が到着したらしい。

「では、また、あした来てください」

正午になると、わたしは診察所の戸締まりをして、〈パレッティ〉でメラニーと昼食をともにした。

彼女と妻のローレットは、外見はあまり似ていない。メラニーのほうが小柄で、肩もなだらかで、猫のような灰色の目をしている。

キスを交わしたあと、彼女が言った。「あとほんの一年の辛抱よ、そしたら離婚」

わたしはため息をついた。「それに加えて、一年の猶予期間」

彼女はわたしの手を軽くたたいた。「猶予期間は絶対に必要よ。あなたがわたしと恋に落ちたのは、離婚のあとだっていうふうに見せかけなくちゃならないんだから――ローレットと別れたのは、わたしと恋に落ちたからだ、というのではなくて」

「わかってるさ、でも……」

「噂《うわさ》を立てられて、あなたの評判が傷つくようなことになってはまずいでしょ。なんといっても、ふたりで病院を設立したら、あなたは雑誌で取りあげられるでしょうし、眉《まゆ》をひそめられるのはごめんだもの」

とはいえ、メラニーの財産から遠ざけられたまま二年間というのは、いらだたしいほど長かった。何が起こるかわかったものではないではないか。「いますぐ離婚できないかな？　そうすれば、一年は浮く」

「結婚は少なくとも三年は続けてくれなくちゃだめ。三年たてば、分別はある人だが、結局のところ、性格の不一致を受け入れざるをえなかったってことが立証されるの。人は精神科医には分別を求めるものよ」とりすました笑みを浮かべた。「わたしの友だちには、精神科医と結婚してる人はひとりもいないの」

「稀少種だからね」

「わたし、夫にはひとかどの人物であってもらいたいの」メラニーはきっぱりした口調で言った。「ただの人ではなくて」

コーヒーを飲みながら、彼女はまたもや、とり憑《つ》いて離れないらしい疑問を口にした。「さっぱりわからないわ、どうしてわたしじゃなくて、ローレットと結婚したのか」

わたしはいつもの笑みをとりつくろった。「知りあったのが、ローレットのほうが先だったから。それに、きみはぼくには興味がないんだと思っていた。だって、何も言ってくれなかっただろ」

彼女はそのとおりだと認めた。「時間はたっぷりあると思ってたのよ。ところが、何もかも、あっという間に進んでしまって。結局、妹とは正式な婚約はしなかったんじゃなくて？　気がついたときには、結婚してたもの」

そう、すべてがすみやかに運ばれた。だが、それはわたしがそう仕向けたからだった。ローレットの背後に大金が認められたので、長く、危険な婚約期間はあえて避けたのだ。獲物を確実に手に入れたかったら、うかうかしていてはいけない。

メラニーは悲しげに言った。「二年か。長いわね。でも、いますぐローレットを片づける、手っ取り早くて、気の利いた方法なんて思いつかないし」

わたしは黙っていた。

メラニーと別れると、わたしは図書館へ出かけ、切り裂きジャックに関する、もっとも内容豊富な本を選んで、読みはじめた。

切り裂きジャックの犯行は、ハイラム・ポムフレットの日記の記述と完全に一致した――ただひとつの相違点をのぞいて。つまり、日付が違うのだ。ハイラムが自分の犯行を書き記しているのは、実際の事件発生の一週間か、ときには二週間あとだった。

予想したとおりだった。ハイラムは当時の新聞で殺人事件のことを読み、それを自分の夢の世界に流用したにすぎないのだ。結果として、自分こそ切り裂きジャックだと本気で信じこんでいた可能性すらある。こうした同化は珍しいことではない。だが、ハイラム・ポムフレットと切り裂きジャックがまったく別個の人間である、という事実に変わりはなかった。

わたしはさらに三十分ほど静かな図書館にとどまり、やがて、心を決めた。手持ちの駒《こま》でなんとかするしかない。

図書館を出ると、金物店へ車を走らせ、細長い薄刃のナイフを購入した。

翌日、わたしは診察予約を全部キャンセルした——ポムフレットの予約以外は。彼を待ちながら、睡眠薬を十錠、水が半分ほどはいったデカンターに溶かして、よくかき混ぜた。そして、医師の免状の下にカレンダーを掛けた。

ポムフレットが現われると、いよいよ注意深く彼を観察した。この患者は見かけどおり、単純で、おとなしいだろうか？　それとも、人生に強いいらだちを感じているのだろうか？　憎しみに燃えるたちか？　激しい怒りはどうか？　殺しの種を内に秘めているだろうか？　わたしは日記を返した。「どうやら本物のようですね」

「じゃあ、わたしが切り裂きジャックの直系の子孫だと、本気で信じてくださるんですね？」

「信じないわけにはいきますまい」思案するように、少し間《ま》をおいてから続けた。

「例の満月の、霧の晩のそぞろ歩きについてなんですが、ナイフは持っていかれるのですか?」

「いいえ」

「でも、ときには持っていきたいと思うんでしょう?」

「さあ……」

机の引き出しを開けて、昨日購入したナイフを取りだした。柄のほうを相手に向けて、さしだす。「持ってみてください」

彼はしりごみした。「なぜです?」

「単に、ナイフを握ったときの、あなたの反応を知りたいだけです」

彼はおそるおそるナイフを手に取った。「これが何かの役に立つんですか?」

「わたしを信用してください」彼を念入りに観察するふりをした。「では、目の前にいる想像上の誰かを、切りつけてみてください」

彼はぎこちなく、ためらいがちに言われたとおりにした。

「上へ切りあげるんです」わたしは指示を出した。「腹からあごへ向かって。あなたの嫌いな誰かが、目の前に立って、あなたをせせら笑っているところを想像するんです。上司でもいい、近所の人でも、親戚でも」

彼はもう一度、ナイフをふるった。今度はずっと力がこもっていた。

「もう一度。もう一度、感情をこめて」同じ動作を三十回ほどくり返させた。「もう充分でしょう」わたしはようやく言った。

やめるとき、彼はかすかなためらいを見せた。「しばらくしたら、なんだか本気になってきてしまいました。反応はどうでしたか?」

わたしは困ったような表情をとりつくろった。「目つきがね」

「目つきが?」

「ええ、十回ほどくり返されたあたりで、急に、堅い決意の色を帯びてきたんですよ」

「堅い決意?」彼は周囲を見まわした。おそらく鏡を探したのだろう。

「それに、あなたの手つきときたら」畏怖《いふ》の念をこめて言った。「まるで……まるで……」

彼は身を乗りだした。「何? なんなんです?」

わたしは気を押し鎮《しず》めるふりをして、彼の手からナイフを取りあげ、机の引き出しにもどした。コップに水を注《そそ》ぐ。「これをどうぞ。なんだか暑そうな顔をしていらっしゃる」

彼はコップを取りあげて、従順に飲み干した。

わたしはメモパッドとペンを手に取った。「さて、診察を続けましょう。寝椅子に横になってください」彼がそうするまで、待った。「ええっと、先日、その姿勢になったとき、鉛筆削りについて話してくださいましたよね」

「ああ、あれ」彼は不満そうに言った。「それより切り裂きジャックの話がしたいですね」

わたしはメモパッドに漫然といたずら書きをした。「頭に浮かぶことを話してください」

彼はとりとめもなく話しつづけた。しばらくすると口調がゆっくりしてきて、あくびをした。それから五分のうちに、眠りこんで、低いいびきを立てていた。

もちろん、彼がどれくらい眠りつづけるかは見当がつかなかった。わたしとしては、三十分未満であればいいと思っていた。とはいえ、与える薬の量が少なすぎると、眠気を催すだけで終わってしまいかねなかった。

待合室から雑誌を数冊持ってきて、腰をすえて待ちはじめた。一時間たっても、ポムフレットは目を覚まさなかった。そろそろ起こしてやる潮時だった。わたしは雑誌を三回、強く机にたたきつけた。

彼の目が開いて閉じ、ふたたびぱっと開いた。身を起こして、赤面した。「眠ってしまったみたいだ」

わたしは煙草を勢いよく吹かした。「いや、眠ってはおられなかった。眠っていたとは言いがたい」

彼は腕時計に目をやった。「でも、この寝椅子に一時間ほど横になっていて、何も憶えていないんですから――」

「眠ってはいない」わたしはくり返した。「眠ってはいません。とんでもないことが起きました！　突然、あなたではない人が話しだしたんです」

彼は目をぱちくりした。「わたしではない？」

わたしは疲れた目をこするふりをした。「ポムフレットさん、あなたはイギリス生まれですか？」

「いいえ、ピオリア（イリノイ州、田舎町の典型）です」

「へんだな」ぶつぶつつぶやいた。「だって……だって、あなたはイギリス訛《なま》りで話していたんですよ。正真正銘のイギリス訛りで」二、三回、いかにも困ったように息をついた。「ポムフレットさん、あなたはトランス状態に陥ったんです」

「わたしが？」

吸いさしの煙草から新しいのに火をつけた。「いままで……いままで生まれ変わりの存在など信じていなかったんですが、こうなると……」

彼は期待をこめて身を乗りだした。「こうなると？」

わたしは立ちあがり、ゆっくり行ったり来たりしはじめた。「やはり信じません。

そんなことはありえない」

彼は生まれ変わり説を擁護しはじめた。「どうして、ありえないんです?」

彼のほうに顔を向けた。「だって、考えられないでしょう、あなたが切り裂き……」ふたたび目をこすった。「あなたはただのつまらない簿記係にすぎない」

彼は赤くなった。「ジャックだって、つまらない簿記係にすぎませんでした」

「でも、ちょっと鏡で自分を見てごらんなさい。身体的に、あなたはまったく取るに足りない存在じゃないですか」

彼の顔の紅潮が濃くなった。「これはまったくの偶然なんですが、ジャックは身長体重がわたしとぴったり同じです。そう書いてるんですよ、日記の第一巻の第一ページに」

「彼は姉に威圧されていましたね」

「そして、このわたしを威圧してるのも……」言葉を切って、咳払《せきばら》いした。「ですから、わけを教えていただきたいんです、どうしてわたしが切り裂きジャックの生まれ変わりだということはありえないのか」

わたしはふたたび行ったり来たりを始め、声に出して、だが、自分に言い聞かせるように言った。「達成感。あなた……いや、彼はそういう言い方をしていた。人はみな、達成感を求めている。たとえ自己満足の域を出ないとしても、自分が、はたから思われているような、取るに足りない存在ではないことを証明せずにはいられない」

ポムフレットは賛意を示すかのようにうなずいた。

「そして、あなた……いや、ジャックはこう言った。次の満月……」不意に言葉を切って、大またで壁のカレンダーに歩み寄る。「あと一週間しか……」

ポムフレットもカレンダーのところへやってきた。「次の満月までですか?」

わたしは彼を真剣に見つめた。「ジャック……いや、ポムフレットさん……今週中と来週は、毎日、診察に来てください。突発事故の発生はなんとしても防がなければなりません」

だがもちろん、生まれ変わりを抑制する気はさらさらなかった。

わたしはほかの予約をすべて取り消して、ポムフレットひとりに集中した——朝も、昼も、夜も。

協力的な患者は、哀れにも、必死でかかりつけの精神科医に気に入られようとするものだ。主治医が苦い顔をすれば、動転する。笑顔を向ければ、喜ぶのだ。それから数日のあいだ、わたしは表向き、ポムフレットの強迫観念の〝治療〟にあたった。強迫観念など、あったとしても、ごくわずかなものにすぎなかったのだが。

わたしは次のように強調しつづけた——あなたには殺人は犯せない。なぜなら精神的にも、情緒的にも、肉体的にも、そのような積極的行動をとる能力に欠けているから。ひと言で言えば、勇気がないから。さらに、次のこともはっきりさせた——日頃、表に表わすまいと努力してはいるが、基本的にわたしは勇気のない人を軽蔑《けいべつ》している。とくに、あなたのような人を。

　こうしたやり方はほんの部分的な成果しかもたらさなかった。なぜなら、ポムフレットには自己愛的な傾向があったが——やたらと精神分析を受けたがるのがその証拠だ——あいかわらず現実の状況にきわめてよく順応していたからだ。肉体的に取るに足りない存在であること、さしたる知性も持ちあわせていないこと、姉の言いなりになっていること——そうした状況をほとんど憤慨もせずに受け入れていたのである。

　自分は切り裂きジャックの直系の子孫だ、という信念にしたところで、現実への反抗でもなければ、安逸な夢の世界への逃避でもなかった。〝事実〟だった。父親からほんとうのことだと教わり、彼自身、単純明快にそう信じこんでいたのだ。

　それゆえ、ポムフレットの扱いは厄介だった。そこで、彼と姉の関係に焦点をあわせ、たえず話をそちらの方向へ引きもどすようにした。

　わたしは姉弟《きょうだい》のつまらない口げんかを再現させて、それを意地悪く分析した。いったんばらばらにしてから、固めなおしたが、いびつな、誇張されたかたちに変えた。皿を割ったり、床に泥の足跡をつけたり、食事に遅れたりして小言を食わされたことが、精神的外傷になっていると述べたてた。

それでもポムフレットは姉を愛していた。またしても敗北を喫したわけだが、この点は問題なかった。わたしが望んでいたのは、彼が愛しながらも憎むようになることだった。愛すること、憎むこと、憎しみが生じるのは、後ろめたいけれどもしかたがないのだと認めさせること、怒りを覚えるのに、どうすることもできないと感じさせることだった。

だが、人はどうやって、焼き尽くすような憎しみや怒りを心から一掃するのだろう？　人は自分が本物の男だとどうやって証明するのか？

ここまで来ると、わたしは自分の生みだした憎悪の矛先を変えた。がみがみ小言を言うのは――彼の男らしさを抑圧しているのは、じつは彼の姉ではない。女性全般なのだ。

そのことはポムフレットにとっては光明、安らぎだった。姉を傷つけることはできないかもしれない、心から愛している人のことは、でも……。

そしてわたしは、彼の主治医……いや、〝神〟……として、彼の意向にそれとなく賛意すらほのめかした。

その週ずっと、ポムフレットは〝トランス状態〟に陥っているとき以外は、ほとんど眠っていなかったのではないかと思う。六日めの終わりには体重を減らし、目をくぼませながら、半狂乱になってしきりと満月の到来を待ちわびていた。

七日め、彼は汗をかきながら診察室を出ていき、いまにも行動に出そうだった。できることはし尽くして、あとはもう待つしかなかった。わたしはその晩、自宅の書斎で、ニュース放送を聞きながら過ごした。

そろそろポムフレットに見切りをつけかけたころ――少なくとも、その晩については――十一時半のニュースで、待ちに待った報道がなされた。ひとりの女性が、ウェストサイドで刺殺されたのだ。動機なき殺人らしく、解説者は犯行の手口を即座に切り裂きジャックのそれと引き比べた。

わたしはひとり乾杯した。ポムフレットはやってのけたのだ。

翌朝、わたしはポムフレットの住所を調べて、その界隈《かいわい》を車でまわってみた。街も古風な地区で、街路樹が濃い影を落とし、通りの名前はもの珍しかった。モンモランシー通りとディィル通りの角に、おあつらえ向きの、人通りが少なくて夜は闇に沈みそうな一角があった。わたしは位置をメモしてから、診療所へ向かった。

ポムフレットは十時に現われた。その日は様子が違っていた。ずっとくつろぎ、ある種の新たな自信を身につけていた。彼はかすかに微笑した。「精神科医が神父と同じだというのはほんとうですか？　何を聞いたにしても、他人には明かせないんでしょう？　たとえ警察でも？」

「医者には守秘義務があります」わたしは言った。「しかし、そこまで厳密なものではありません」陽気に笑ってみせる。「たとえば、患者から人を殺したと告白されたとしますね。そういう場合には、ただちに警察に通報しなければならないことになっています」

彼はがっかりしたようだった。遠回しに話を切りだそうとした。「朝刊はお読みになりましたか？」

「いや」コップに水を入れて、彼のほうへ突きだした。「疲れた顔をしていらっしゃるし、のどが渇いておいでのようだ」

彼はコップを受けとった。「ここではずいぶんたくさん、水を飲んだような気がします」水を飲み干して、寝椅子に横たわった。「また、トランス状態に陥ると思いますか？　それが習慣になってしまったみたいですが」

「いまにわかるでしょう」

彼は急に不安そうな顔つきになった。「ひょっとしたら、トランス状態のあいだに、人を殺したと口走るかもしれません。それも最近。そういうことになったら、警察に通報なさいますか？」

「もちろん、しませんよ」彼を安心させた。「トランス状態で話されたことは、法廷では証拠として認められません。憲法修正第四条と第五条に反します」

一時間後に目を覚ますと、彼はすぐさまたずねてきた。「人殺しについて、何か言いましたか？」

「いいえ」

彼は頭をかいた。「夢を見たんです……つまり、昨夜のことについて、何か言ったように思ったんですよ」

「さあねえ」わたしは困惑したふりをした。「でも、いくつか別のことをおっしゃっていました。実際、ほんのわずかなんですが、ただ、何度もこうくり返されるんです。『今夜もまた満月だ』」

彼の視線がカレンダーのほうに向けられた。「そうなんですか？」

「ええ。それと、ふたつの名前をくり返していらっしゃいました。ひとつはモンモランシーでしたか。あなたにとって何か意味がありますか？　町か、人か、それとも、赤くて酸っぱいサクランボでしょうかね（モンモランシーはサクランボの一品種でもある）？」

彼は考えこんだ。

「もうひとつの名前はディルでした」わたしは言った。「モンモランシーとディル」

彼の目に光が宿った。

「それから、こう言いつづけておいででした。『これは使命だ。これは使命だ』」

彼はとりすましてうなずいた。「使命というのは、とても大事なものです」ひとり微笑しながら、お告げをくり返す。「『今夜もまた満月だ。モンモランシーとディル。

これは使命だ』」顔をしかめた。「ほかに何か言いませんでしたか？　時間とか？」

「忘れました」わたしはせっかちに言った。「そういえば、何かぶつぶつと、夜十一時というようなことをおっしゃっていたかも」

診察室を出るとき、彼はわたしの顔を見て、声をひそめるように言った。「明日の朝刊は必ず読んでください。人はニュースに通じているべきです」

その晩、ローレットとわたしはニューマン夫妻主催のパーティへ出かけるべく、車に乗りこんだ。

「二十七丁目の陸橋と、三十五丁目のと、どっちを通っていくつもり？」

「二十七丁目」

「三十五丁目のほうがいいわ」

「わかった。じゃあ、三十五丁目のにしよう」

彼女はわたしの顔をのぞきこんだ。「どうかしたの？」

「べつに。今夜は言い争う気分じゃないんだ」

今晩のいつか――およそ十時半ごろ――わたしはつかの間、姿を消す。そして、もどってきたらローレットをわきへ引っぱっていって、こう告げる。「いまさっき電話をもらった、というか、正確にはきみあてだったんだが、メイドが間違えて、ぼくにまわしてしまったんだ」

「誰からだったの？」

「ベティ・ネルスン。自宅のほうへ電話して、クララからぼくたちがここにいることを聞いたらしい」

「ベティはいまヨーロッパだと思っていたけれど」

「どうやら帰ってきたんだね。ひどく動揺してるようだった」

「どうしたというの？」

「ぼくには話そうとしないんだ。でも、すぐきみに会いたいって。ひとりで。ぼくはいっしょに行ってはいけないそうだ。モンモランシー通りとディル通りの角。とても大事な話だって言っていたよ」

ローレットは眉を寄せるだろう。「どういうことなのか、ひと言ぐらい何か話してなかった？」

「いいや。でも、急いでほしいって。十一時にはそこに行けるって言ってた」

こうなったら、なにしろベティはいちばんの親友だから、ローレットは車を駆って出かけるだろう。

明日以降、ポムフレットのことはどうするか？

その点については、うまくさばけると思っていた。あともう数回、トランス状態に陥らせて、切り裂きジャックは、少なくとも当代では十二分に欲望を満たした、とうけあってやればいいのだ。

　いま、車は三十五丁目の陸橋へ向かっていた。

「額をさわらせてちょうだい」ローレットが言った。

「だから、なんともないって」

　ローレットは陸橋を過ぎるまで、黙っていた。「たいがいの人はわたしのことを意地っ張りだと思ってる。でも、じつは、あなたとの口げんかに勝ったのは、いまが初めてだったのよね」

「そりゃ、おめでとう」

「ほら、おおかたの人は、わたしが父や姉を支配してたと思ってるでしょ。でも、ほんとは違うの。わたしの反抗は服従させられまいとする、一種の自己防衛にすぎない。一家で支配権をふるっていたのは、実際はメラニーだったのよ」

　それはメラニーとつきあいはじめた当初から、うすうす感じていたことだった。当然ながら、相手にいい印象を与えるために、ある程度、我を折ることを余儀なくされてはいた。だが、結婚したあと、知的、感情的独立を維持するのに苦労するのではないかという、いやな予感がぬぐえなかったのだ。メラニーは目に見えて強情というのではないが、辛抱強く、ヒルのようにしつこい。その点、ローレットのほうが、はるかに御しやすかった。

「教えて」ローレットが言った。「もう一度同じことをしなくちゃならないとしたら、しかも、遺産を相続するのが誰だかわかっていたら、あなたはわたしとメラニーのどっちと結婚する？」

「霧が出てきたみたいだな」

ローレットがかすかな笑みを浮かべた。「じゃあ、言い方を変えるわ。わたしたちの相続する財産が両方とも同じ額だったとしたら、あなたはどっちを選ぶ？」

わたしはためらいなく答えた。「もちろん、きみだよ」

ローレットはその後、ドライブのあいだ、ずっと静かに考えこんでいた。ニューマン邸の近くに車を停めたとき、わたしの腕に手をかけた。「お金は、あなたにとって、とても大事よね？」

「もちろん」

「それに、正直に言えば、わたしにもとても大事なの。あなたが想像してる以上に。白状すれば、メラニーを殺そうと思ったこともあるくらい」

わたしはローレットに手を貸して、車から降ろしてやった。「そんなことをして、どういう得がある？」

「かなりのね。たまたま知ってるんだけど、メラニーは遺言書を作成してないの。いま彼女が死ねば、全財産はわたしの手に転がりこむってわけ」

十時半、わたしはニューマン邸の寝室のひとつに上がって、電話を借りた。「メラニー」わたしは言った。「いますぐ会いたい。わけは電話では話せないが、とても重要なことだ。ぼくらの将来がかかってる」

「いいわよ、あなた」彼女は言った。「どこで会いましょうか?」

「モンモランシー通りとディル通りの角。たまたまパーティでその近所まで来ていてね、ちょっとのあいだなら、抜けだせるんだ」

十一時、わたしは部屋の向こうにいるローレットを見やると、胸のうちで二百万ドルと切り裂きポムフレットに乾杯した。

罪のない町

谷崎由依訳

ミセス・プルーイットは不機嫌そうに言った。「ねえ、ミルドレッド、ひとつくらいは青少年犯罪があるはずよ。近ごろはどこの地区でもあるんだから」

ミルドレッド・ウォーラーは首を振った。「ごめんなさい、クララ、でもひとつも思いつかないの。ここはほんとうにちいさな町だし、夜も十時には通りに誰もいなくなるくらいよ」

クララ・プルーイットは紅茶をすすった。「残念だけど、州の本部はこの町に目をつけているわ、ミルドレッド」

「まあ！　それで連中はあなたをここまで寄越したの？」

クララはうなずいた。「女性クラブ連盟は八月を『困窮者救済月間』って定めたけど、エルムズデールからは進行状況の報告を受けていないのよ」

「わかってるわ」反省の面持ちでミルドレッドが言った。「でも報告することがなにもなかったの。ここではみんなが助け合っているのよ。だから困窮者なんていないの」

クララはティーカップを置いた。「エルムズデールからただちに動きが見られなければ、クラブの認可を取り消すという話が出てるわ」

「でも本部はいつも、この町には無縁のテーマばかり選ぶから」ミルドレッドは哀れっぽく言った。「『障害者支援月間』に『情緒障害者支援月間』、『未婚女性……』」そしてお手上げの身振りをした。「それで今月は『青少年犯罪』でしょう。やっぱり、この町にはそんなものないわ」

「馬鹿なこと言わないで。男の子なんてどこも同じなんだし、この町にもきっとなにかはあるはずよ」

「そうね」ミルドレッドは懸命に答えた。「この町の子も半分は男の子だし」

「じゃあ、考えて」ミセス・プルーイットが言い放った。「男の子のなかには法に触れることをしてる子がいるはずだから」

「ここには法なんてあまりないのよ。ただバロウ巡査がいるだけ。男の子たちみんなから慕われてるの。最後に人を逮捕したのは五六年の夏で、それも公園にゴミを散らかしていた旅行者よ」

「どんなことだって青少年犯罪として認定できるわ」クララはいささか捨て鉢だ。「ずる休みなんかは?」

ミルドレッドが首を振る。「エルムズデールはいつも地区別出席率のトップよ。去年はほとんど皆勤賞だったわ。ヘンリー・プレストンが午後を一回欠席しただけ」

ミセス・プルーイットは目を閉じた。「お手上げね。この町はみんな円満に年を取って、そして退屈で死ぬんだわ」

「うちの母は七十八歳だけどまだまだ元気ね」と誇らしげにミルドレッド。「自分のパンはぜんぶ自分で焼くし。母のグラハム・パンは町でいちばんだって、スワンソンさんがよく言ってた」

「言ってた?」クララは皮肉っぽく訊《き》いた。「いまはおいしいと思ってないの?」

「ううん。スワンソンさん、崖《がけ》から落ちたの」

「あら。この町でも事件はあるのね」

「スワンソンさんは雨の日も晴れの日も、午後には健康のために散歩してたの。森を通ってフェルトンの崖沿いに。去年、足が滑って落っこちちゃった」

クララはクッキーを齧《かじ》った。「誰かが突き落としたのかも」

「あの人はひとり暮らしで、もう八十歳近かった。町のみんなから、家の壁のなかか地下室に大金を隠してると思われてた。でもバロウ巡査が探しに探しても、なにも出てこなかったって」

外のポーチで、ばさりと音がした。「新聞だわ。いまはフランクが配達してるの」

「どこの町にもご隠居さんはいるものね。十中八九、結局お金なんて全然持っていない」

「まあ、スワンソンさんがお金持ちだって根拠はもともとなかったんだけど。ただみんながそう思ってただけ。ずっとまじめに働いてたし、ちっともお金を使ってなさそうだったから」ミルドレッドは紅茶をさらに注いだ。「フランクは良い子よ。でもヘンリーほどじゃないわね」

クララはなにか考えこんでいた。「でも一方で、お金持ちだってみんなに思われてたのなら……」

「ヘンリー・プレストンは、フランクの前に新聞配達してたの。すごく礼儀正しい子で、お母さんにしてみれば天からの授りものだわ。お母さんは未亡人で、ヘンリーがなんでもしてあげてた」

クララは角砂糖をふたつ摘《つま》んだ。「お金がなかったってどうしてわかるの？　巡査がそう言ってるだけなんでしょう？」

「バロウさんは何時間も探したって」ミルドレッドは紅茶をかき混ぜた。「ヘンリーは去年、新聞配達をやめたの。新聞配達の子がやめるときは、ふつう次の子に縄張りを売るものよ。お医者さんが患者を引きつぐみたいにね。でもヘンリーはフランクにただであげたの。心の広い子だわ」

「スワンソンさんが崖から落ちたってどうしてわかるの？　落ちるとこを見た人でもいるの？」

「ううん。でもバロウ巡査がそうに違いないって言ってる」ミルドレッドはカップを受け皿に置いた。「ヘンリーが言うにはね、配達をやめたのは学校の勉強の妨げになるからだって。といってもあの子、成績はいつもオールAだったんだけど」

「スワンソンさんはひとり暮らしだったのね？」クララが念を押した。「誰か友達はいなかったの？」

「バロウ巡査だけ。ときどきふたりでチェスをしてたわね」

「なあるほど！」と思惑ありげにクララ。

「エミリーは――ヘンリーのお母さんはとても素敵な人で、マッコイズ食料雑貨店に八年間勤めたの。一日も休まずに。でもそれってたいへんよ」

「その巡査は、バロウさんはどんな人？」

「とても感じのよい人よ。町のクラブぜんぶに入会してる」

「バロウさんは最近、ええと……その、大金を使ったりしなかった？」

「そんな話は聞かないわね。エミリーは去年、マッコイズを辞めたのよ」

「きっと待つつもりね」クララは独りごとのように言った。「二年、あるいは三年くらい」

「エミリーはすごく運がよかったの。シアトルの伯父《おじ》さんからあんな遺産を相続したんだもの」ミルドレッドはしかし眉《まゆ》をひそめた。「あれ、ポートランドのだったかな。シアトルともポートランドとも言ってたわ。エミリーったらごっちゃになってるのね」

「死体を見つけたのは誰？」

「ヘンリーよ」

なにかに気を取られながら、クララがつぶやいた。「もちろん、バロウ巡査は死体の発見者にはなりたくなかった。あやしすぎるもの」

「その日の午後よ、ヘンリーが学校を休んだのは。それで皆勤記録が駄目になっちゃったの」ミルドレッドは嬉《うれ》しそうに笑った。「あっ、そうか！　サボってたんだ！　ねえクララ、わかる？　この町にも青少年犯罪があったのよ。ヘンリーがそうじゃない？」

ミセス・プルーイットは聴いていなかった。彼女はまだ、バロウ巡査のことを考えている。

記憶テスト

谷崎由依訳

クランデルは面接をはじめた。「入所したのは、一九四〇年だったね？」

ミス・ハドソンの髪は灰色で、我慢強そうな、疲れた笑みを浮かべている。「はい。一九四〇年だったはずです」

「判決は終身刑だね」

「はい」

わたしは目の前のファイルをぱらぱらとめくった。「殺人罪での収容。叔母《おば》を毒殺した罪で。そうですね？」

「はい。叔母を毒殺した罪です」

わたしは目を上げた。「どうして殺したんですか？」

ミス・ハドソンから表情が消えた。「コマドリを殺したからです。わたしは台所の窓からコマドリを見るのが好きでした。それを知っていて、叔母はコマドリを撃ち殺したんです」

こうしたことは、もちろんすべてわかっていた。しかし、受刑者が仮釈放審議会にのぞむときは、受刑者に話をさせるほうがよい。釈放を許可するかどうかに、その話がある程度判断材料となるからだ。

三人の審議委員のもうひとり、エイモス・ホイットマンは肘《ひじ》をついたまま身を乗り出した。「記録を見るかぎり、きみの素行は至極模範的だ。一度も減点されていない」

「はい。この二十四年間、一度も減点されていません」彼女は窓のほうを見た。「ここに入ったときは、三十八歳でした」

ホイットマンは書類の束に目をやった。「一九五二年、きみは仮釈放の資格を与えられた。それ以来五回申請し、すべて却下されている」

「はい。わたしは五回申請し、すべて拒絶されました」

ホイットマンは、一瞬クランデルとわたしを見て、またミス・ハドソンに向き直った。「どうしてか、思い当たることはあるかね?」

彼女は黒目をちらつかせた。「いいえ」

わたしはファイルに意味のないしるしをつけた。「親類縁者で、存命中の方はいますか?」

彼女は首を振った。「いいえ、知っているかぎりでは」

わたしはもうひとつしるしをつけた。「では、入所する前の友達は？」

「いいえ。友達はいませんでした」

わたしは顔を上げた。「ではここにはいますか？　この刑務所のなかには？」

彼女はまばたきをして、しばらく考えていた。「はい、もちろん。何人も友達がいます。みんな優しくしてくれます」

さらに十分間、質問が続いたあと、彼女は退室を許された。

エイモス・ホイットマンは審議委員の仕事にまだ慣れていない。「わたしにはさっぱりわかりませんね。一九五二年以来ずっと資格があったのに、五回も却下されるなんて」

クランデルは笑った。「資格があるからといって、すんなり許可するわけじゃないよ」

「それはわかりますが」とホイットマン。「このケースではなにがいけなかったんです？　受刑者記録は完璧じゃないですか。年齢にしても、最初の申請の時点で五十歳近かったでしょう。それだけでもかなり有利だったはずです」

「率直に言って」とわたし。「現在の年齢は考慮すべきです。六十二歳。釈放されたところでどうしたらいいでしょうね。仕事が見つかるでしょうか？　見つかるとして、どんな仕事が？」

ホイットマンは明らかにショックを受けていた。「つまり、年齢だけを理由に、収容しておくべきだと？」

クランデルは首を振った。「州当局からはこのようなケースに関して、わたしたちに判断が委ねられているんだ、エイモス君。そしてこれは年齢の問題じゃない。ミス・ハドソンは大量毒殺犯だ」

ホイットマンの顔が歪《ゆが》んだ。書類をぱらぱらとめくる。「ミス・ハドソンは叔母を殺した罪で収容された。ここにはそう書いてあるだけです」

わたしは説明してやった。「ひと月のあいだに、彼女の叔父《おじ》、叔母、それから成人している従兄弟《いとこ》ふたりが死んでいます。署のほうで遺体を掘り起こし、検死にかけたところ、全員の遺体から致死量の砒素《ひそ》が検出されました。州当局は、彼女を裁判にかけるのに叔母殺し一件だけで充分だと判断したのです」

ホイットマンはぎこちなく微笑《ほほえ》んだ。「残りの殺人の動機について、彼女はどう言っているんですか」

「叔父を殺したのは、彼が馬を鞭《むち》打つからです」わたしは答えた。「一九四〇年には家の牧場に馬がいたんです。従兄弟たちは、生まれたての仔猫《こねこ》数匹をまとめて溺死《できし》させたために殺されました」

クランデルはにやりと笑った。「それでもミス・ハドソンを外の世界に送り出せると思うかね、エイモス君？　きっと動物虐待者を見たら、誰彼かまわず殺してしまうよ」

わたしは煙草《たばこ》に火をつけて、二、三口ふかした。「彼女は十二歳で両親を失くし、叔父夫婦に引き取られています。夫婦は州北部の辺鄙《へんぴ》なところで農場を営んでいました。裁判で明らかになった事実からすると、夫婦はどうも、彼女を囚人として閉じ込めていたらしいんです。いや本物の囚人というわけではないけど、友達を作ることも服を買うことも許されなかった。その上、家事も料理もほとんどすべて、ひとりでさせられていたらしい」

ホイットマンは、はっと目を輝かせた。「そうして三十八歳になったんだ。そうでしょう？　なるほど。彼女が人を殺したのは、鞭打たれた馬や溺《おぼ》れた仔猫、撃たれた鳥なんかのためじゃない。自分ではそう信じていたとしても。彼らが彼女の人生に対してやったことへの報いとして、殺したんだ」

クランデルは顎《あご》をさすった。「さあね。わたしは、ただの善良な一市民にすぎん。審議会を通して州当局に奉仕しているだけのね。精神分析医じゃない」

そして、わたしの顔を見た。「どう思われますか、博士？」

妻の名義であるこの土地は、いまの季節がいちばんうつくしい。ダイニングの窓から、妻が芝生《しばふ》で犬のプリンスと戯《たわむ》れるのが見える。

ミス・ハドソンはテーブルの仕度に余念がない。「あの審議会で博士が手をさしのべてくださらなかったら、いまごろ途方に暮れていました」と彼女は言う。

家の外ではプリンスが何度か甲高い声で鳴き、やがてクンクンと情けない声に変わる。

ミス・ハドソンが窓辺に近寄る。

犬を躾《しつ》けるのに優しさをもってする人がいる。鞭を振るう人もいる。

その光景を前にして、ミス・ハドソンは目をおおきく、ひどくおおきく見開く。いまなにを言ったところで、彼女は聞き入れないだろう。

妻が、もう一度鞭を振り上げた。わたしは微笑んだ。

記憶よ、さらば

好野理恵訳

「完全な記憶喪失だ」とわたしは言った。

「完全な記憶喪失ならば、話す術《すべ》も歩き方も憶《おぼ》えていないはずなんですがね」

「わかった、なら、限定的な記憶喪失ってやつだ」

精神科医にしてはやけにせわしない。ドクター・ブレナーはあっちこっちを行ったり来たりしていた。「ねえ、あなたはご自分が誰なのか、知りたくないのですか?」

「知りたくないね」

医者はそんなわたしの態度をまだ悩みの種《たね》とみなしていた。「しかし誰だって、自分が何者か知りたいものですよ」

「われわれのような、ほんとうの記憶喪失者は違うんだ」

医者は怒りに満ちた指をつきつけた。「わたしの個人的見解によれば、記憶喪失の症例では、患者と思われる者のうち十人中九人までが、ただの嘘《うそ》つきなんですよ」

「先生、また癇癪《かんしゃく》を起こしかけてるよ」

医者は渋い顔で煙草《たばこ》を見つめた。

「今日の午前二時に、警官がリンカーン・アヴェニュー橋の上で、放心状態で川を見つめているあなたを発見しました。あそこで何をしていたんです？」

「飛び降りようとしていたんじゃないかな」

「理由は？」

「わからないし、知りたいとも思わんね。どうやら橋から飛び降りるか、記憶を失うか、どっちかの選択を迫られたみたいだ。そして記憶を失う方を選んだんだ」

ブレナーは深い溜《た》め息をついた。「そして警官が名前を尋ねると、あなたはわからない、と答えましたね」

わたしはそれを認めた。

「警官は、そのあと、財布を見せるように言いました。あなたはどうしました？」

「ポケットから財布を出して、川に放り込んだよ」

「なぜ？」

「わかりきったことだ。自分が誰だか知りたくなかったからさ」

思い出せる一番古い記憶は、橋の上に立ち、緑色に濁《にご》った川面を見おろしながら、なぜ自分はここにいるのだろうか、と心細い気持ちで考えていたことだ。だが、果たしてほんとうにそうだったろうか。

警官に名前を訊《き》かれるその瞬間まで、自分が誰であるか知りたくないと、はっきりと意識していたわけではない。財布を川に放り込んだのは、本能的、無意識的な行動だった。じっさい、現在の見地に達したのは、検査の結果、身体のどこにも外傷は認められないとわかったあとのことだ。何らかの精神的なショックによって記憶を失う場合、ほんとうのところ、その人間はみずからすすんで記憶を失うのだ。強制されたわけではない。

「おそらくご家族はおありなのでしょうね？　お子さんたちも？」

「子どもはいない」どうしてそんなにはっきりとそう言えるのか、自分でもわからなかった。

「記憶はそのうち戻りますよ」

「わたしが抵抗すれば、戻らないんだ」わたしは辛抱づよく医者につきあった。「真性の記憶喪失にはふたつのタイプがあることが認められている――ひとつは身体的損傷により引き起こされるもの、もうひとつは精神的ショックにより引き起こされるものだ。あんたたちがわたしの頭蓋《ずがい》を検査した結果、どこにも凹《へこ》みなどないとわかった。わたしは頭を打ったわけじゃない。したがって、わたしの記憶喪失は、堪えがたい精神的ストレスに起因するものだということになる」

「なんであろうと、あなたは記憶喪失の原因と面と向かわねばなりませんよ」

「どうして？」

医者は片手を振った。「それは……そうするのが分別ある態度というものだからです」

「自分に苦痛を課するのは、自虐趣味《マゾヒズム》だよ。分別じゃないね。もし記憶を取り戻して難題と直面したとして、わたしがさっさと橋に戻って、最初にやろうとしたことをやり遂げないという保証がどこにあるんだね？」

医者は首の後ろをさすった。「いいでしょう。で、これからどうするおつもりなんですか？」

「先生が解放してくれたら――すぐにもそうしてほしいもんだが――このあたりから逃げ出すつもりだよ。できれば千マイルぐらい遠くへね。わたしに記憶を取り戻させる可能性のある人間とは誰とも接触したくない」

「どうやって旅をする気です？　無一文で」

痛い点を突かれた。その点は考えておくべきだった。

デスクの電話が鳴り、医者は受話器を取った。ちょっと話を聞いてから、顔をほころばせた。「ダーウィン？　すぐにお通ししてくれ」

「誰だね？」怪訝《けげん》に思ってわたしは尋ねた。

ブレナーはとり澄ました笑みを浮かべた。「そのうちわかりますよ」

入ってきたのは五十がらみの男で、忠犬のように気づかわしげな表情を浮かべている。「オズワルド！　やっぱりあなただ。警察がくれた人相書きで、そうだと思いましたよ」

オズワルド？　なんとむかつく名前だ。わたしは訊いてみずにはいられなかった。

「それはわたしのファーストネームかね？　姓かね？」

「ファーストネームですよ。姓は――」

「いいんだ」わたしは間髪を入れずに言った。「知りたくない」

「あなたのコートのポケットから、ダーウィン氏の住所を書いた紙切れが見つかったんですよ」とドクター・ブレナーが言った。「あなたの状況を知らせて、来てくれるようお願いしたんです。あなたの身元を確認していただけるんじゃないかと思いましてね」

「この方はオズワルド・ハリスンですよ」とダーウィン。「わたしは彼の弁護士兼投資顧問です」

投資顧問？　わたしは過去にそっと探りを入れてみることにした。「わたしは金持ちなのか？」

「もちろんですとも、オズワルド。資産百万ドル以上です」

「ほんとうに、そんなに財産があるのか？　ということは、最近、横領されたり、強盗に遭ったりしなかったか？　つい最近？」

「まさか。そんなことはありませんよ」

それ以上探りを入れるのはやめにした。

「彼を家に連れて帰ります」ダーウィンが言った。「彼が最高の治療、最高の医者にかかれるよう取り計らいますよ」

「家になんぞ帰りたくないし、最高の医者も要らない」わたしは頑固に言い張った。「小切手を一枚現金に換えて、この町を出て行きたいだけだ。この先の配当金やなにかの送り先は追って知らせる」

ダーウィンは咳払《せきばら》いをした。「オズワルド、ほんとうに記憶喪失なんですか？」

「もちろんだ。わたしが使える白地小切手を持っているか？　当面、五千ドルもあれば充分だと思うんだが」

ダーウィンは困ったような顔をした。「わたしにはあなたの法定代理権があるんですよ。現時点であなたがサインしようとする小切手の支払いを、わたしは差し止めなければならんでしょうな」

わたしはダーウィンをにらみつけた。「どうしてだ？」

「そうするのは、ただ、あなたご自身を今のあなたから守るためです。もしほんとうに記憶喪失だとすると、その時は法律上、あなたは――つまり――心神喪失状態ということになります」

わたしはかなり声を荒らげたんじゃないだろうか。「心神喪失だと？　ダーウィン、おまえは馘首《クビ》だ」

「まあまあ」ダーウィンはなだめるように言った。「現在の状態では、あなたはわたしをクビにすることもできませんよ」

わたしはドクター・ブレナーを見た。医者はこのやりとりを面白がっているように見えた。

「正確な手続きはよく知りませんが」とダーウィンは言った。「あなたが記憶を取り戻すか、精神的、情緒的に責任能力があると証明される時まで、裁判所はわたしをあなたの後見人に指名するだろうと思います」

わたしはいかんともしがたいジレンマにおちいった。一方には身を守るための記憶喪失があり、そこから回復したくなかった。また一方には、記憶を取り戻さない限り、手を触れることのできない百万ドルという金があった。

額に手を当て、苦痛にさいなまれているかのように苦悶《くもん》の表情を浮かべるべきか？　突然、記憶が戻ってきた、とつぶやくべきなのだろうか？

いや、それではいささか見え透いているような気がする。たぶんダーウィンはわたしを信用するだろう――顔を見れば単細胞なのがまるわかりだ――だがドクター・ブレナーは一筋縄では行くまい。

じっさい、医者の吊り上った眉《まゆ》を見れば、わたしがその手のことを試みるのを予想し、やったらひねり潰《つぶ》してやろうと、わくわくしながら待ちかまえているのがうかがえる。

「どれぐらい思い出せるんですか、オズワルド？」ダーウィンが訊いた。

「何にもだ」わたしはしぶしぶ正直なところを答えた。

ダーウィンは真剣な面持ちでうなずいた。「あなたには休息が必要です。こんなショッキングな出来事のあとですからね、家に帰って二、三日休むといい。きっとフランシスが万事引き受けて、快適に過ごせるように面倒を見てくれますよ」

フランシスってのはどこのどいつだ？　女房か？　料理番か？「誰だ、その女は？」

「彼はあなたの使用人ですよ」ダーウィンは考え込むような顔でわたしを見つめた。「あなたを家に送ったらすぐに、あなたの銀行に取引停止命令を出しておくつもりですよ」

財産が五万かそこいらだったら、気前よく全部投げ棄てて出奔《しゆつぽん》しただろうと思う。だが、つまるところ、百万は百万だ。

自分についての事実を少しばかり——記憶を取り戻したとダーウィンを納得させるのに充分なだけ——しかし、ほんとうの記憶喪失には支障がない程度に学ぼうか？　気がついたらまた橋の上に戻っていた、なんてことはごめんだった。だが金のことは熟慮を要する。わたしは溜め息をついた。「わかったよ、ダーウィン。家に帰ろう」

ダーウィンはわたしを乗せて湖の西岸を通り、郊外へと車を走らせた。やがて長い私道に入って、堂々たる三階建てのコロニアル様式の邸宅前の広場に到着した。

ダーウィンは執事の脇《わき》を通って、広いリビングへとわたしを案内した。別の召使いがいて、クリーニング店から戻ってきたばかりらしい、セロファンに包まれたスーツを仕分けしているところだった。わたしを見て、彼の目がほんのわずかにゆらいだ。

わたしは見当をつけて言った。「おはよう、フランシス」

「おはようございます、旦那様《だんなさま》」

ダーウィンは嬉《うれ》しそうだった。「彼がわかったんですね、オズワルド」

「もちろんさ」あたりまえのようにわたしは答えた。

ダーウィンはフランシスに言った。「ハリスンさんはね、記憶を失くしてしまわれたのだよ。ほとんどすべてをね」

部屋の中をぶらぶらして、ピサロとモリゾの原画が何点かあるのがわかった。どうやら、わたしの記憶喪失は芸術の鑑識眼にまでは及んでいないようだ。

ダーウィンは部屋の隅で、ひそひそとフランシスに何やら耳打ちしていた。わたしに関する情報をさらに詳しく伝えているに違いない。

片隅の棚にある、写真立ての中の一枚の写真が目に留《と》まった。引き締まった顎《あご》をした、眼光鋭い女が写っている。

なんてことだ、女房がいたのか？　この女が？

わたしは近づいてみた。そして《あなたの姉、ヴァイオレット》というそっけない献辞を読んで、ほっと胸をなでおろした。

暖炉の中に、黒焦げになった額縁の燃え残りらしきものがいくつかあるのに気づいた。

ダーウィンはフランシスとのひそひそ話を打ち切り、わたしの記憶を試す気になったようだった。その写真を指さして訊いた。「それは誰ですかな？」

「わたしの姉だ。どこでだってわかるさ」

ダーウィンは感心した。「ではベヴァリーはどうです。ベヴァリーが誰かわかりますか？」

ベヴァリーという名の男もいる。だが、わたしは賭《か》けに出ることにした。「もちろん、ベヴァリーが誰かわかるさ。彼女とはもう永いつきあいだ」

ダーウィンは納得しなかった。「あなたの奥さんですよ」彼はコートのボタンをかけながら言った。「ではもう失礼しますよ。記憶を取り戻すまで、あなたの身辺をきちんとしておくよう手配しておきます」

「家内はどこだ？」

「さあ。買い物にでも出かけたんじゃないですかね」

フランシスが何か言おうとしたようだが、ぐっとこらえた。

ダーウィンが帰ると、わたしはさらに家の中を調べてまわった。ベヴァリーとわたしは別々の寝室を使っていたようだ――いなくなったわたしを気にも留めずに彼女が買い物に行くことにしたのは、それで説明がつく。

ベヴァリーの写真は見つからなかった。

リビングに姉の写真があるのに、妻の写真が一枚もないのはなぜだろう？

わたしは一階に降り、自分で飲み物を作った。

十一時に玄関のベルが鳴り、まもなく、姉のヴァイオレットが大またで部屋に入ってきた。

服の仕立てから、乗馬が趣味で一年の大半を馬術競技場で過ごしているのが見てとれる。姉はコートを脱いだが、帽子は取らなかった。つまり、この家に住んでいるのではないということだ。

「あらあら、オズワルド。ダーウィンから聞いたわ。また記憶喪失ですってね」

わたしは顔をしかめた。「また？」

姉はサイドボードに向かい、みずからウィスキーをソーダで割った。「当然だわね、今は思い出せないでしょうね？　でも昔からうちの家系に出る病気なのよ。最後にあなたが記憶を失ったのは、二十一歳の時だわ」

ちょっとためらってから、わたしは尋ねた。「記憶を失うような、何か──格別の──理由でもあったのだろうか？」

彼女はグラス越しに、ちょっとの間、わたしを見つめた。「あいかわらず、自分は頭がいいってうぬぼれているわね？」

「姉さん、身長六フィートの男が身長を訊かれたら、背を縮めて恥ずかしそうに、五フィート二インチしかありません、なんて舌足らずに答えたりはしないものさ」

姉はかすかな笑みを浮かべた。「二十一歳の誕生日に、父はあなたに五万ドルを贈ったわ。一年の期間で、あなたがそれをどう運用するか見たいと思ったのよ」

「それで？」

「あなたはすぐさま、全額をクラスメートの起こそうとしていた会社に投資したの」

「その会社が潰れたのか？」不安な気持ちでわたしは尋ねた。

姉は笑った。「あなたはまんまとハメられたのよ。会社なんてなかった。あなたの友だちはあなたのお金を一セント残らず持って、南米に高飛びしたわ」

そんな事件は、まったく、一片たりとも憶えていなかった。だが汗が滲《にじ》んでくる。

「あなたの記憶は半年戻らなかった。父が雇った精神科医によると、この世の中で、あなたがどうしても堪えられないことがひとつあるそうなの。それは、人からバカにされること。バカにされたという事実に直面するより、あなたは自分が誰だか忘れることを選んだのよ」

「むちゃくちゃな話だ！」わたしは吐《は》き棄《す》てるように言った。

姉はグラスを置いた。「ベヴァリーはどこ？」

「知らないよ」わたしは咳払いをした。「ベヴァリーとわたしはどんな感じで暮らしてる？」

「波風ひとつなく。夫婦喧嘩《げんか》をしたことなんて一度もないと思うわ」

さっきからなんとなく心に引っかかっていることがあった。「彼女、いくつなんだ？」

ヴァイオレットは微笑した。「二十三歳よ」

ヴァイオレットが次の質問を待っているのがわかった。「そして、わたしは？」

「五十二歳」

「そうか」そっけなくわたしは言った。

姉は微笑をたやさなかった。「ベヴァリーがあなたと結婚したのは、言うまでもないことだけど、あなたのお金目当てだわ、オズワルド。でも今、そんなことは気にしなくていいの。あなたは最初から百も承知でその状況に甘んじることにしたのよ」

「彼女に惚《ほ》れたってことか？」

ヴァイオレットは笑い声をあげた。「まさか。ベヴァリーはあなたの所有物のひとつで、ほかのものと同じように愛《め》でているに過ぎないわ。あなたは欲しいものにお金は惜しまないし、それがあなたの偉いところよ。でもあなたはものを手に入れると、かたくななまでに固執するの。何があっても手放そうとしないのよ」

わたしは戸口の人影に気づいた。シルエットで誰だかわかった。「フランシス！」わたしは語気鋭く言った。「盗み聞き以外にやることはないのか？」

人影は消えた。

わたしはヴァイオレットの方に向き直った。「いつあいつを雇ったんだろう？」

「この十年間、あなたに仕えてきたわ。そしてその間ずっと、いやでたまらなかったと思うわ。あなたったら、情け容赦なく怒鳴りつけるんだもの」

「なら、なぜ辞めないんだ？」

「お給料をそうとうはずんでいるからよ。たぶんそうしなければ居つかないわ。ほかの人はこれまで一年と続かなかったのよ」

ヴァイオレットが帰ったあと、フランシスが近づいてきた。びくついているが、断固たる決意に駆りたてられているようだった。「記憶を失くしてしまわれたというのはほんとうですか？　何も憶えていらっしゃらないので？」

「それがおまえと何か関係あるのかね？」

フランシスはおどおどとうなずいた。「関係ございます。と申しますのも、五万ドルをいただきたいからなのです」

「何の五万ドルだ？」

「わたしが警察に行かないということで、旦那様がお約束してくださった五万ドルです」

わたしは疑いの目でにらみつけた。「なんでわたしが警察に行くなと言って、おまえに五万ドル約束しなければならないんだ？」

フランシスはごくりと唾《つば》を呑《の》んだ。「憶えていらっしゃらないのですか？　昨夜、旦那様は奥様を殺してしまわれたのです」

わたしはまじまじと彼を見つめた。

彼は自信を深めたようだった。「昨夜、旦那様と奥様は喧嘩をなさいました。十時三十分頃のことです。何を言い争っていらしたのかは存じませんが、わたしがサンドイッチのトレーを持って部屋に入っていくと、旦那様が火かき棒を持って、奥様の頭を殴《なぐ》られたのです。奥様は即死でした」

フランシスはまだ理由を理解しかねていた。

「わからんかね？」しびれをきらしてわたしは言った。「わたしの記憶が戻ったように見せかけるんだよ。そうすれば、わたしは五万ドルを引き出しておまえに渡せる」

一瞬フランシスの目が輝き、そしてまた、疑わしげになった。

彼が腹の底で何を思っているのか、わかる気がした。もしわたしがほんとうに記憶を取り戻して、それを彼に言わずにいたとしよう。わたしはこっそりベヴァリーの死体を掘り出してほかの場所に埋め直すことができる。そうなれば、わたしに対するフランシスの支配力はまったくなくなるのだ。

「フランシス」わたしは安心させようと、言葉を選んだ。「警察署の医者が内緒で教えてくれたんだが、わたしのような特殊なタイプの記憶喪失は、時間によってしか治らないそうだ。そして医者の見立てでは一年ぐらいかかるということだ。ふたりで記憶が回復したようにみせかけようというだけだ。しかもそれを一、二週間のうちにやってのけなければならない」

この嘘にフランシスはすっかり気をよくした。

彼が自分の身に降りかかろうとしている逃《のが》れられない事態を知ったら、そうも楽天的ではいられなかっただろう。言うまでもなく、わたしはフランシスに今後ずっと強《ゆ》請《す》られることなど許せなかった——それが恐喝者の常なのだ。この男は永久に葬り去らなければならない。そしてその始末はわたし自身の手でつけなければならないのだ。たぶんこの瞬間にでもやれただろうが、財産管理権を取り戻すためにはフランシスが必要だった。

フランシスとわたしは系統立てて作業に取りかかった。まず屋敷じゅうの写真を集めた。妻の写真を探すのはなかなか骨が折れたが、やっとのことで彼女の化粧テーブルの抽斗《ひきだし》から数枚見つけ出した。

ベヴァリーは——気取らないスナップ写真の中でさえ——すこぶるつきの美人だった。美しいが、しかし薄情そうだった。まさにクールビューティだ。

フランシスとわたしは山のようなスナップ写真を調べた。フランシスがいろいろな人物を識別し、持てる限りの情報を教えてくれた。しかし、どれを見ても、ほんとうの記憶はよみがえらなかった。わたしは自分と自分の生活に関するたくさんの事実を、学習と反復によって憶えていった。

毎日、ダーウィンとヴァイオレットが訪ねてきた。そしてふたりに妻のことを訊かれると、急に思い立ってカリフォルニアにいる親友を訪ねていった、という話をでっちあげた。何週間かしたら警察に行って妻の失踪届けを出すつもりだったが、今この時点でふたりに詮索《せんさく》されたくなかったのだ。

フランシスと結託して一週間を少し過ぎ、わたしは完全に記憶を取り戻したとあっさり言ってのけて、ダーウィンを驚かしてもいい頃合だと思った。

ダーウィンがわたしからわたしの金を守るという仕事を徹底的にやってくれたおかげで、ほんとうに自分の過去を知り尽くしていると証明するために、わたしは裁判所に任命された医師団の前に出頭し、ダーウィンが集めた百三十ほどの質問に答えることを余儀なくされた。

質問の中には、当然のことながら、フランシスとわたしが予期しなかったものもあったが、経年による自然な記憶の風化として見逃してもらえた。

面接のあと、さらにだらだらと三日がかりで煩雑な法的手続きを終え、ようやく自分の金と再会を果たすこととなった。

ダーウィンが電話でこの吉報を伝えてくると、わたしはすぐにフランシスを除く使用人全員に午後から明朝まで休暇を取らせた。みんながいなくなると、ベルを鳴らしてフランシスを呼んだ。

「さて、フランシス、金はどういう形でほしいかね？　やはり現金か？」

彼は期待に目を輝かせた。「現金でお願いします。できれば小額紙幣で」

わたしはうなずいた。「よかろう。すぐに車で銀行へ行くことにするよ」

わたしはサイドボードに向かった。自分の背で彼の目からさえぎっていたが、そこにはフランシスのためのグラスが用意してあった。すでに中には白い粉が仕込んである。薬の苦味をごまかすためにウィスキーと甘いソーダを注ぎ、自分のと彼のグラスを持って戻った。「成功を祝って一杯やろうじゃないか」

「わたしはけっこうです」

「バカを言うな。わたしは財産が戻ったし、おまえはもうじき五万ドルを手にするんだぞ。当然、祝い酒を飲むに値する。まあ、坐《すわ》れ」

フランシスをくつろがせてやろうと気づかったわけではない。ただ、薬の効果が出始めた時には坐っていた方が好都合だと思ったのだ。

彼はグラスを取り、主人の前で腰をおろす喜びをかみしめていた。雑談を十分ほど交わしていると、フランシスはうなだれ始めた。

フランシスの息の根が完全に止まるまでに、さらに十分かかった。

少々てこずったが、フランシスを片方の肩に担ぎ、目隠しになっている並木づたいにガレージへと運んだ。ステーションワゴンの荷台に死体を置き、防水シートを被せた。

スコップと鶴嘴《つるはし》を一緒に積み込み、着ていた上着を脱いで、壁にかかっていた油染みたオーバーオールを着込んだ。

フランシスとわたしがベヴァリーを埋めたのは夜だったようだ。ひとりが穴を掘る間、もうひとりが懐中電灯を持っていたらしい。だが今回はわたしひとりなので、昼のうちにフランシスの墓穴を掘るほうがずっと合理的なように思われた。一、二時間も車を走らせれば、完璧に人通りのない場所が見つかり、車を停めて、ちょうどいい埋葬地を探せるものと決め込んでいた。

キャピトル通りから六丁目を抜け、州道四二号線を北上した。車の流れはゆるやかで、近隣の小さな町をいくつか通りすぎ、わたしは砂利敷きの脇道のひとつを入ってみようかと考え始めた。

しかし、どの脇道も人けのない場所に続いているようには見えず、とうとうメドロウまできてしまった。

その村を出てすぐ右に曲がったところで、前の車列が停止し、わたしも停まらざるをえなくなった。

窓から首を伸ばしてみた。前方には六、七台の車が停まり、州警察のパトカーが路肩に駐車している。

一瞬パニックになりかけたが、型どおりの公道安全点検に過ぎないと気がついた。警官はクラクションやヘッドライトやテールライトがちゃんと作動するか確認して、フロントガラスに検査済みのステッカーを貼《は》るだけだろう。数分も待てば抜けられる。

ステーションワゴンの後部にちらりと目をやる。ごわついた防水シートのおかげで怪しまれそうな輪郭は出ていないし、フランシスはすっかり覆い隠されていた。

わたしはリラックスして、少しずつ車を前に徐行させていき、自分の検査の番になった。

警官はわたしの車のライトやクラクションが申し分ないのを確かめ、運転席の窓のところに戻ってきた。「運転免許証を拝見します」

いい、いい、運転免許証！　だが、それはわたしが橋の上から投げ棄てた財布の中だ！

わたしはポケットをあちこち探るふりをし、それから弱々しい笑みを浮かべて言った。「どうも財布を家に忘れてきたみたいです」

警官はちょっとの間わたしを見つめ、車の前にまわりこんで、すぐに戻ってきた。「ナンバープレートの番号を憶えていませんかね？」

わたしはなおも申し訳なさそうに笑った。「数字には、からっきし弱いものでね」

警官も笑った。だが、それはうすら笑いというものだった。「この車のナンバーはちょうどＡＡ１００なんですよ。憶えているはずだと思いますがねえ――これがあんたの車だとすればね」

警官はステーションワゴンのぴかぴかの外装をもう一度しげしげと眺め、それからわたしに目を戻した。「何をやって生活してるの？」

「働かなくても暮らせるだけの収入があるんですよ」

警官は、ふっと笑いを漏《も》らした。わたしが着ている薄汚いオーバーオールのことを考えているのだとわかった。

「ねえ、おまわりさん」わたしは言った。「確認のために電話を――」そこで、はたと気づいた。ダーウィンのファーストネームを憶えていないのだ。「わたしの投資顧問に電話をしてもらえれば」わたしは急いで続けた。「身元を証明してくれますよ。二十年来の知り合いでしてね。ダーウィンという名前です」

たぶん〝投資顧問〟という言葉が警官にいい印象を与えるだろう。身元保証人に投資顧問の名前を出す自動車泥棒はまずいるまい。

警官はわたしの申し出をちょっと考え、そして言った。「いいだろう。やってみよう。そのダーウィンの電話番号は何番？」

知らなかった。いいいいいい知らなかった！

フランシスとわたしは一週間一緒に骨折り仕事に取り組んだが、見落としがちな細かい事柄というのはずいぶんたくさんあるものだ。急に重要性が増す、どうでもいいような些細《ささい》なことは、きりもなく多い――車のナンバーにファーストネームに電話番号。

気がつくと汗が滲み出ていた。「電話番号を思い出せないんだが、おまわりさんなら調べられるでしょう」

警官は目を細めた。「二十年来の知り合いなのに、電話番号も知らないのか？」警官は車のドアを開けた。「うまいはったりだったがね。ほら、席を詰めろ。運転はおれがする」


部屋にわたしといる三人の男は刑事だった。ニューウェルと名乗った大男が、際限なく質問しはじめた。

「なんであの男を殺したんだ?」

「弁護士に会うまで何もしゃべらん。ダーウィンを呼んでくれ」

「さっきオフィスに電話をかけさせてやったろ。あんたが自分で番号を調べたんだ。誰も出なかったじゃないか」

「五時を過ぎてるからだ。たぶん自宅にいるんだ」

「だが、あんたは彼の自宅の電話番号を知らないし、住所も、ファーストネームさえ知らないときてる。市民名簿には二十六人のダーウィンがいて、郊外にはさらに十人ぐらいが散らばっているんだ」

「いいから、全部かけてみろ!」わたしは嚙《か》みついた。

ニューウェルは溜め息をついて、刑事のひとりに向かってうなずいた。合図された刑事は部屋を出ていった。

ニューウェルは煙草に火をつけた。「ステーションワゴンの中の死体が誰なのか、知っているってことは認めるんだな？」

それは否定してもしかたがなかった。「ああ。わたしの召使いだった男だ」

「被害者の姓は？」

「姓は知らない。フランシスという名前以外で呼んだことはない」フランシスとわたしはどうしてこんな基本的なことを見逃したのだろうか？

ニューウェルはぷかりと煙草をふかした。「そのフランシスのポケットから、あんた宛の便箋《びんせん》と封筒が見つかったわけを教えてくれないかね？」

「何の手紙だ？」

刑事はポケットから封筒を取り出して、机の上に置いた。

わたしはそれを見つめ、やがて震えだした。

わたしは妻を殺してなどいない、いなかった。

思い出した。すべてを。何もかも。

ベヴァリーは生きていた。そしてもうじき、あんなろくでなしと……。

その手紙を手に取る必要はなかった。一言一句がよみがえって心に突き刺さった。

親愛なるオズワルド
わたしはお金目当てであなたと結婚し、あなたは自分の所有物としてふさわしいからという理由でわたしと結婚したわ。ふたりで暗黙の契約を交わした時、それを破らなければならない日が来るなんて、夢にも思いませんでした。

ずっとわたしは自分のことをどこか情の欠けた女だと思っていたし、たぶんそれを誇りにしているようなところさえありました。だけど、お金を持っているだけでは満たされなかったわ。わたしもひとりの女で——自分でもびっくりだけど——愛情が必要だとわかったの。愛よ。

ロジャー・フェリスを憶えている？　たしか、あなたとはいくつかのクラブで一緒だったわね。

彼はあなたほどお金持ちじゃありません。でもね、オズワルド、わたしたちはそれで充分快適にやっていけると思うの。

わたしはこの州を出て、新居に落ちつくつもりです。もちろん、財産分与の問題なんてありえないわ。わたしがほしいのは自由だけよ。

このことはロジャー以外の誰にも話していません。あなたのお友だちへの説明はおまかせします。

どうとでもお好きなように話してくださってかまわないわ。否定するつもりはありません。

ベヴァリー

ロジャー・フェリス！　あのつまらない男……。

わたしは家でその手紙を読み、そのあと怒りくるって、ベヴァリーの写真や肖像を家じゅう集めてまわった。そして毒づきながら暖炉でそれらが燃えつきるのを見ていたのだ。

ロジャー・フェリス！

友人たちになんと言ったらいい？

クラブで……。

みんなは思い出すだろう、わたしがフェリスとよくカードをしていたのを。何も疑いもせずに。

みんな囁《ささや》き合う……ひそひそと。わたしが通りすぎると後ろ指を差すんだ。

みんなが嗤《わら》う！

人に嗤われるなんて、堪えられない！

そして今や、すっかり思い出した。あの夜、わたしは屋敷を出て歩き、橋にたどりついた。橋の下の水は冷たく荒々しかった。人を撥《は》ねつけ――そして招いていた。わたしは目をつむった。この先どうしたらいい？

その時、警官に肩を叩《たた》かれたのだ。わたしは目を開けた。誰も知る者のいない世界が広がっていた。わたしは誰のことも知りたくなかった。そして誰ひとり、わたしのことを知ってほしくなかった。

それから、フランシス！

あいつはあの手紙を見つけて読んだのだ。あの下劣漢は、記憶喪失につけ込んで、わたしがやってもいないことを種にわたしを強請《ゆす》ったのだ。

たくさんだ。もうたくさんだ。妻に虚仮《コケ》にされた上に……召使いにまで！

わたしは目を閉じた。そしてドアがカチャリと開いた時、不安を感じてふたたび目を開けた。

部屋には三人の男がいた。そのうちのひとりが言った。「十人ぐらいのダーウィンに電話して、やっと当たりが出たみたいだよ。あと数分でここへやって来る」

ダーウィン？　誰だ、そのダーウィンというのは？　そしてわたしは、この部屋で何をしているのだろう？

わたしは三人の男を見た――今、この瞬間まで、一度も会ったことのない男たちだ――たったひとつだけ確かなことがあった。わたしはこいつらの言うことは信じない。

何ひとつ。

信じないぞ。信じるものか。

こんな日もあるさ

藤村裕美訳

わたしは正式な届出用紙を持って、机にもどった。「その行方《ゆくえ》不明のかたのお名前は?」

「ヘルムート・プリングルです」ワトスン夫人が言った。「わたしの兄で、わたしたち夫婦と同居してます」夫人は四十代なかばというところだった。

わたしが名前をタイプするのを見ていたラルフが、べつの机の電話へ向かった。

「お兄さんはいつから、行方がわからないんですか?」わたしはたずねた。

「ゆうべの夜七時からです」

いまは朝の十時だった。

夫人は続けた。「ヘルムートはいつも、夕食後に散歩に出かけます。たいがい八時までには帰ってくるんです。ところが、ゆうべは八時を過ぎても、もどらなくて」

わたしはさらに必要な情報を聞きだした。プリングル氏は年齢四十八歳、身長およそ五フィート八インチ、体重百七十ポンド、髪は明るい茶色だった。

「で、八時までにもどらなかったので、心配されはじめた？」

「いいえ、そのときはたいして気にもとめませんでした。ときにはどこかでビールを何杯か飲《や》って、時間を忘れてしまうこともありましたから。だから、十時半に床《とこ》についたときには、あまり心配はしなかったんです。兄は鍵《かぎ》を持っていて、帰ってきたら、自分ではいれましたし」

「ところが、お兄さんは帰ってこられなかった？」

「ええ、けさ、寝室をのぞいてみたら、ベッドで眠った様子が全然ないじゃありませんか。それで、こちらへうかがったんです」

ラルフがわれわれの机にもどってきた。「郡の総合病院に問いあわせてみたが、ヘルムート・プリングルという名前の人は収容されていないそうだ」ワトスン夫人に向かって解説する。「交通事故か何かで負傷したときには、たいていそこへ運ばれるんです」

「お兄さんの社会保障番号は？」わたしはたずねた。

夫人は目をしばたたいた。「いったいどうしてそんなものがいるんですか？」

「必要になるかもしれないんです。人は行方をくらまして、どこかよその土地で職についたとしても、たいがいは本名を名乗り、社会保障の積立金を払いつづけるものでしてね。ですから、当然ながら、社会保障局に問いあわせれば、新しい住所は判明するというわけで」

「あの」夫人は考えこむようにして言った。「兄には社会保障番号なんてなかったと思うんですけど」

わたしは少々驚いた。「いまどき社会保障番号のない人なんていませんよ。お兄さんのご職業は？」

「引退してます」彼女はすぐに答えた。

わたしはふたたび届出用紙に目を走らせた。四十八歳で引退とは、けっこうなご身分だ。「何か家出をする理由にお心当たりはありますか？　けんかなさったとか？」

「いいえ。兄はわたしたちと、とても仲よくやってました。どこかよそへ行く気なら、出ていく前に、必ず教えてくれたはずです」

わたしは相手を安心させようとした。「きっと軽い記憶喪失でしょう。でも、運転免許証を見ることを思いだしたら、あとは簡単。自分が何者かわかって、すぐ帰ってこられますよ」

「運転免許証は持ってません。運転はしないんです」

「うむ、でも、きっと何か身分を証明するものを札入れにお持ちのはずだ。クレジットカードとか」

「兄はクレジットカードを信用してません。少なくとも自分のは」少々言いすぎたとでもいうように、口ごもった。「そういえば、ちょっと考えてみたんですけど、兄は札入れなんか持ち歩いてなかった気がします。小さな緑色の小銭入れに、たたんだお札を数枚と、小銭をいくらか入れているだけで」

ラルフが受話器を取りあげた。今度はわれわれの机の電話で、ふたたび総合病院にかけた。

電話を切ると、彼は言った。「ふーむ、身元不明の者は総合病院にはひとりも担ぎこまれてないようだ」

ワトスン夫人が咳払《せきばら》いをした。「あの、ひょっとしたらなんですけど、兄は誰かほかの人の札入れを身につけてたかもしれません」

「どうしてまた、他人の札入れを？」ラルフがたずねた。

彼女は見るからに落ち着きをなくしていた。「いえ、ほんのたまたまなんですけど、兄はきのう、札入れをひろったんです。通りで。持ち主に返しにいくつもりだと申してましたけど、もしかしたら忘れてしまって、まだ手元に持ったままかもしれません」

「札入れの持ち主の名前を憶《おぼ》えてらっしゃいますか？」わたしはたずねた。

「あいにく。実物は見せてくれなかったんですよ。札入れをひろった、と聞かされただけで」

ラルフとわたしはその話を三十秒ほど熟考した。やがて、わたしは受話器を取りあげて、もう一度、総合病院に電話した。ラルフはやりとりを聞こうとしてべつの受話器を耳に押しあてた。

電話がつながると、わたしは言った。「こちらはミルウォーキー警察のヘンリー・S・ターンバックル部長刑事。ちょっと知りたいんだが、昨夜七時以降、次の特徴に当てはまる人はそちらに運びこまれてるかな？　男性、年齢四十八歳、身長五フィート八インチ、体重百七十ポンド、髪は茶色」

しばらく沈黙が続いた。電話の相手はどうやら記録を当たっているようだった。やがて、電話口にもどってきた。「その特徴にほぼ一致する人なら、たしかにひとり搬入されています。ただ、年齢は四十九歳ですが。こちらに収容されたのは、七時三十分ごろ。病院到着時死亡《DOA》でした。ひき逃げです。名前はアルバート・ヘネシー、住所はスプーン・ジャンクション。ここから北西へ百マイルほど行ったところにある、小さな町ですね」

町の名前には、もちろん聞き覚えがあった。「遺体はそこにある？」

「いいえ。死亡を確認するのに必要な時間だけ保管して、すぐそちらへ引き渡しました。警察の管轄《かんかつ》になりますから。いまはおたくの死体安置所にあるはずですよ」

わたしは階下の死体安置所に電話をかけて、当直のハリー・シュライゲルを呼びだし、遺体についてたずねた。

彼は総合病院の係員の話を裏付けた。「アルバート・ヘネシーですね。彼ならゆうべ十時ごろ、引きとってきました」

「所持品のリストはあるか？」

「はい。ハンカチ、櫛《くし》、札入れ、小銭入れ」

「小銭入れの色は？」

「そこまでは書いてないです」

「いまから行くから、遺体を拝ませてくれ」

「もう、ここにはありませんよ」

「どうして？」

「故人の姪御《めいご》さんが受けとりにみえましたので。電話で不幸を伝えたところ、車で来て、遺体を確認し、葬儀社へ送る手配も済ませたんです。マシュースン葬儀社ですが」

わたしは考えこんだ。「そいつはこの町の業者じゃなかったか？」

「そうです。一時間くらい前に来て、遺体を運んでいきました」

わたしは電話を切って、蒼《あお》ざめた顔をしているワトスン夫人のほうへ向きなおった。

「ええっと、亡くなったのは、どうやらお兄さんではないようですね。お兄さんはきっとどこかで元気にしていらして、数日もすれば帰ってみえるか、少なくとも、居場所を知らせてきてくださいますよ。写真はお持ちですか？」

彼女はハンドバッグから数枚のスナップ写真を取りだして、わたしに手渡した。

ラルフとわたしは、帰っていく彼女の背中を見守った。

通常、失踪人の問題は、時に解決させることにしている。そもそも、失踪それ自体は犯罪ではない――少なくとも警察の見地からすれば。それに、行方不明者の大半は二日以内に、七日以内には九十五パーセントが帰宅する。期間がそれ以上に及んだり、永久に帰らなかったりする者は、ごく少数にすぎない。しかも、警察沙汰《ざた》に巻きこまれる者となると、さらに数は減った。

「妙だな」わたしは言った。

ラルフがすかさずたずねた。「妙って、何が？」

「その姪っ子ってのが、この町の葬儀屋を選んだのがさ」

「それのどこが？　たぶん遺体を自宅のあるスプーン・ジャンクションまで運んでもらうつもりなんだろう」

「でも、それなら、スプーン・ジャンクションの葬儀屋にこっちまで来てもらったほうが、ずっと簡単だし、安上がりじゃないか」

「誰が運ぼうと、行き帰りの距離に違いはないぜ」

「まあな。でも、マシュースン葬儀社が運んでいった場合、実際の葬儀は、べつの葬儀屋がとりしきることになるはずだろう？　つまり、葬儀屋の仁義の問題だよ。葬儀屋というのは、べつの業者の縄張りを荒らしたりはしない。となると、スプーン・ジャンクションの葬儀屋に、遺体の搬送と葬儀を両方とも頼んでしまったほうが、よほど賢いじゃないか」

ラルフはわたしの鋭い推理にあごをなでた。「ひょっとすると、その姪という人は叔父《おじ》さんの訃報にひどくとり乱して、頭がまともに働かなかったのかも」

「そうかもな。しかし、そういう場合でも、職業倫理を重んじる葬儀屋なら、地元の葬儀社に依頼なさったほうがいいですよ、とかなんとか助言すると思うがね。とにかく、新たな事実が出てくるまで、葬儀屋はみな仁義を重んじると仮定しとこう」

わたしは立ちあがった。「さて、死体安置所へ行くとするか」

階下《した》へおりると、ハリー・シュライゲルが机についていた。

わたしは単刀直入にたずねた。「その姪とやらが遺体を叔父のアルバート・ヘネシーだと確認したのは、間違いないんだね？」

彼は机の上の書類を示した。「この書類にはそうあります。もっとも、彼女がここへ来たとき、わたしは勤務についていませんでしたが」

「じゃあ、誰が？」

「チャーリー・サーストン。彼が深夜十二時から午前八時までの当直です」

「葬儀屋が引き取りにきたとき、きみも遺体を見ていたりはしないかな？」

「見ましたよ」

わたしはヘルムート・プリングルのスナップ写真を彼に見せた。「この男に見覚えは？」

ハリーはうなずいた。「おたずねの御仁ですよ。アルバート・ヘネシー、スプーン・ジャンクションの」

わたしは勝ち誇りたい気持ちを抑えて、微笑した。「この男はスプーン・ジャンクションのアルバート・ヘネシーじゃない。ミルウォーキーのヘルムート・プリングルさ。深夜十二時から八時までの当直はチャーリー・サーストンだと言ったね。電話番号はわかる？」

ハリーは番号を調べ、わたしは電話をかけた。

サーストンは、眠っていたところを電話のベルに起こされたという声をしていた。

わたしは状況をかいつまんで説明した。

「ええっと」チャーリーは言った。「姪御さんに電話したのは、深夜ちょっと過ぎ、勤務についてすぐでした。もっと早くに連絡すべきだったんですが、クラレンス――というのは、四時から十二時までの担当です――は、遺族に悲報を伝えるのを苦手にしてまして。それで、ぼくに押しつけたんです」

「叔父が死んだと聞かされたとき、姪はなんと言った？」

彼はしばらく考えていた。「こう言いました。『まさか、そんなのありえない』」

「ほほう。ほかには？」

「遺体の特徴を説明してやりますと、いますぐ車で行く、と。こちらに着いたのは午前二時半ごろでした」

「遺体は叔父に間違いないと言ったんだね？」

「そうです」

わたしは彼をベッドにもどらせてやり、マシューースン葬儀社に電話をかけた。身分を名乗ってから、こうたずねた。「アルバート・ヘネシーなる人物とされる遺体は、そこにあるかい？」

「はい。そちらの死体安置所から収容いたしました。故人の姪のアリシア・ヘネシーさま――同じく、スプーン・ジャンクションにお住まいです――から電話で事情をうかがいまして。うちの者がけさ八時に出勤してきたので、引き取りにやらせたんです」

「その姪だが、叔父の遺体をスプーン・ジャンクションまで運ぶよう頼んだのか？」

「いいえ。わたしどもに火葬に付すようにとのご依頼でした」

わたしはあわてた。「で、もう火葬した？」

「そうまであわただしく作業を進めるようなことはございません」

わたしはすごみのある笑みを浮かべた。「何があろうと、その遺体を火葬してはならない。本件は警察が扱うことになった。その姪だが、連絡先は聞いてるかな？　このあたりのホテルとか、モーテルとか？」

「いいえ。いったんスプーン・ジャンクションの自宅にもどって、あとから遺灰を受けとりにくる、とおっしゃっていました」

ラルフとわたしはエレベーターで上階《うえ》にもどった。

「ラルフ」わたしは言った。「通りで札入れをひろって、身分証明書から持ち主の住所がわかったとする。その住所が百マイルも離れてるとなったら、普通は、自分で持ち主に返そうとは思わないんじゃないか。とりわけ車の運転をしないとしたら」

わたしは窃盗課へ寄って、勤続二十五年のベテラン、ウィザーズ部長刑事にヘルムート・プリングルの写真を見せた。

ウィザーズは写真の顔に見覚えがあった。「妙手のヘルムート《ヘルムート・ザ・ハンド》じゃないか」

聞き返すのは、ラルフにまかせた。「妙手のヘルムート？」

「この街では名人級のスリのひとりだよ。ずっとこの稼業を続けているが、捕まったことはほんの数回しかない」

わたしはなるほどというふうにうなずいた。「それで社会保障番号がなかったんだな。あの制度も、彼の業界まで網羅してるとは思えない」

ラルフとわたしはマスタースン警部のオフィスへ行き、これまで集めた情報をすべて伝えた。

マスタースンは肩をすくめた。「要するに、彼女は遺体を誤認した、というんだな」

「そういうことかもしれません」わたしは言った。「しかし、この件はもう少し調べてみたいんです。スプーン・ジャンクションへ行って、アリシア・ヘネシーから事情聴取をする許可をください」

彼はため息をついた。「今度はどうしたというんだ、ヘンリー?」

わたしはいわくありげに微笑した。「殺人のにおいがするんですよ、マスタースン警部。殺人のにおいが」

適度な間《ま》、沈黙が続き、ラルフと警部はわたしを観察していた。やがて、マスタースン警部の顔つきが、ほんの少し考えこむふうに変わった。「いいだろう。車を出して、行ってこい」

われわれが退室するとき、警部はなおも考えこんでいた。

ラルフとわたしは車庫から車を借りだすと、ラルフの運転でスプーン・ジャンクションへ向かった。

「ヘンリー」ラルフが言った。「妙手のヘルムートはどうして抜きとった札入れをそのまま身につけてたのかな？　どうして金だけ盗《と》って、札入れは捨ててしまわなかったんだろう？」

「ラルフ、いまは小切手帳とクレジットカードの時代だ。もはや現金でふくらんだ札入れを持ち歩いたりはしないんだよ。当節のスリのおもな収入源は、現金ではなくて、すりとった財布のなかのクレジットカードなんじゃないかと思う。一日、二日《ふつか》、派手に使って、そのあと札入れは中身ごと捨てちまうんだろう」わたしは窓の外の移りゆく景色を眺めながら、ふくみ笑いをした。「問題は言葉、言葉だ」

ラルフが一瞬、運転から注意をそらした。「言葉ってなんの？」

「人が時と場合に応じて使う言葉さ。たとえば、叔父の死を聞かされたときの、アリシア・ヘネシーの最初の言葉はこうだった。『まさか、そんなのありえない』」

「それがどうかしたか？　信じたくない知らせを受けとったとき、人はそんなふうに反応するもんだ。『まさか、そんなのありえない』とか、『信じられない』とか」

「たしかに。しかし、ほかの点と照らしあわせてみると、アリシア・ヘネシーが『まさか、そんなのありえない』と言ったとき、彼女は悲報に反応したのではなく、単に事実を述べただけだって気がする。彼女の叔父はぴんぴんしていて、彼女はそのことを知っていた。電話を受けたときには、叔父は自分のベッドで安らかに眠っていたんじゃないかな」

「だったら、どうして、いますぐ遺体の確認に行くなんて答えたんだ？」

「なぜなら、まさにその瞬間、彼女の頭に、犯罪史上まれに見る冷酷な殺人計画がひらめいたからだよ。アリシア・ヘネシーはどこかでなんらかの手違いが生じたことを知った。と同時に、叔父が最近、ミルウォーキーへ出かけ、スリの被害にあったことを思いだした。さらに、死体安置所の係員から遺体の特徴を聞かされて、その外見が自分の叔父とよく似ていることにも気づいた。おそらく妙手のヘルムートは、自分と容姿が似通った人物の札入れをねらうようにしてたんだろう。クレジットカードを使うとき、面倒が起きないように」

ラルフはため息をついた。「で、あんたはこう考えるわけか――彼女は叔父を殺して、遺体を隠し、それから、うちの死体安置所までやってきて、遺体を叔父と確認した？」

「順序が違うよ。そうまであせって、ことを進めたりはしなかったと思う。そう、まず彼女は完全犯罪をやってのけられるかどうか確かめることにした。それだけなら、害はないからな。で、こっそり家を抜けだしてミルウォーキーへ出かけ、遺体を叔父だと〝確認〟した。そして、向こうで遺体を火葬に付すのは簡単で、誰も自分のもくろみには気づきそうにないと知った。こうして安心した彼女は、スプーン・ジャンクションへもどって、叔父を殺害したんだ」

ラルフはしばらく黙って運転していた。「ひとつだけ、気がかりなことがある」

「なんだい？」

「あんたの推理はときには当たるんだ」

「叔父を殺したのは、彼女本人か、そうでなければ、共犯者だな」

ラルフはほとんどこちらをにらみつけんばかりの目つきをしていた。「どうしていきなり共犯者が登場するんだ？」

「重さ百七十ポンドの死体を始末しようというとき、女の細腕で、二階の寝室から庭先まで運びだせると思うか、墓を掘るのは言うに及ばず？」

どういうわけか、ラルフはいらだってきたようだった。「叔父の寝室が二階にあると、どうしてわかる？」

「なぜなら、彼は資産家とまではいかないにせよ、裕福な暮らしをしてるからだ。叔父殺しの動機は、たいがい金だ。それに金持ちで、小さな町に住んでるとなれば、住居は間違いなく大きな一軒家だよ、つましいアパートメントの一室ではなくて。そして、大きな一軒家の寝室はきまって二階にある。もちろん、召使いのはのぞいて」

スプーン・ジャンクションに着いたのは、午後一時ごろだった。町はずれの標識には、人口三二〇四人とあった。われわれは町政庁舎に赴き、スプーン・ジャンクションの警察署長に面会した。ガリクスンという男だった。

ガリクスンは中年で、血色がよく、体重は二百五十ポンドはありそうだった。「どういうご用件ですかな？」彼はたずねた。

ラルフが口を開いた。「ミルウォーキーで、そちらの住民のひとりが遺体を誤認したようなので、調べてるんです。型どおりの捜査にすぎないんですが、ささいなことはいえ、きちんと片をつけたいので」

ガリクスンは愛想よくうなずいた。「その誤認したというのは、誰なんです？」

「ミス・アリシア・ヘネシーという人です」ラルフが答えた。「ミルウォーキーまで来て、ひき逃げされた死体を自分の叔父だと確認したんですが、あとから、遺体は別人だとわかりまして」

ガリクスンは思案した。「彼女はどうしてそんなことをしたんでしょうな？」

いきおい、わたしは笑みを浮かべた。「それを突き止めたくて、こちらへうかがったんですよ。アリシア・ヘネシーの住所を教えていただけますか？」

「いや、それよりもっといい方法がある。わたしがご案内しましょう」

ラルフとわたしは彼のパトカーに乗りこみ、彼が車を出した。「そのミス・ヘネシーですが、婚約してますか?」わたしは言った。「ひょっとして、力持ちの男と?」

「わたしの知るかぎり、しとりませんな。うちの女房はこの町で起きとることなら、知らんことは何もないんですが、そういう話は聞いとりませんのでね。なぜです?」

「ミス・ヘネシーはモテるほうですか? 屈強な男友達がたくさんいるでしょうか?」

彼は肩をすくめた。「女房の話じゃ、彼女はむしろ家にこもりがちなタイプのようですよ」

道の両側に楡《にれ》の巨木が立ちならぶ、閑静な住宅地にはいった。さらに二ブロック進んで、ガリクスンは道路わきに車を停《と》めた。道路からかなり奥まったところに、三階建ての大邸宅が立っていた。敷地は手入れが行き届いており、広さはおよそ四エーカーはありそうだった。

かなりたくましい体つきの若い男が、花壇《かだん》に膝《ひざ》をついて作業しているのが見えた。

「あれは誰です?」

「クラレンス・タトル」ガリクスンが言った。「庭師兼管理人です。ここは広いですからな、常勤の仕事にしとるようですよ」

わたしはわけ知りらしくうなずいた。「『チャタレー夫人の恋人』が思いだされますね」

ラルフが驚いた顔をした。「いつもなら、思いだすのは『盗まれた手紙』なのに」

「今回は違うのさ」わたしは花壇の男を厳しく見つめた。「不釣り合いなカップルだった、彼ら――夫人と恋人は。性格も、社会的な地位もおよそかけ離れていた。だのに、磁石のように、否応なしに惹《ひ》かれあった」

ガリクスンもタトルを観察していた。「その映画なら見ました。たしか映画をもとに小説も書かれたと聞いとります」

わたしは広大な敷地に視線を移した。「死体については、おもしろい話がありますよね」

ガリクスンが眉《まゆ》をこすった。「死体というと？」

わたしはもちろん謎《なぞ》めいた笑みを浮かべてやった。「いや、ちょっと考えましてね、人殺しがじゃまな死体を始末するときには、ほぼ例外なく自分の地所に埋めるものだと。とにかく、そういうケースが多いんですよ。たぶん勝手知った場所なら、埋めているところを目撃されたり、不法侵入で逮捕されたりするおそれがないと考えるからなんだろうな」手際よく、夢想からわれに返ってみせた。「さてと、屋敷を訪ねて、ミス・ヘネシーに会うとしましょうか」

ガリクスンはためらった。「おふたりだけでどうぞ。わたしはあとから行きます」

ラルフとわたしは玄関までの長い道のりを歩いて、呼び鈴を鳴らした。ふり返ってみると、ガリクスンはクラレンス・タトルと話をしていた。

メイドが応対に出てきた。ラルフとわたしは身分を名乗って、誰に会いたいのかを伝えた。メイドに案内されて、われわれはテラスを見晴らす客間にはいった。

外では、ガリクスンとタトルが敷地内をぶらぶらと歩きまわっていた。わたしは眉をひそめた。しゃべりすぎたろうか？　ガリクスンはちゃっかりわたしの手柄を横取りする気なのか？

十分ぐらいして、二十代なかばの女性が部屋にはいってきた。緑がかった目をしており、叔父の死を悲しんでいるふうにはまるで見えなかった。「お待たせして申しわけありません。寝不足を取りもどそうとしていたものですから」

わたしはいきなり要点を突いた。「ミス・ヘネシー、あなたはけさ早く、ミルウォーキーへ行きましたか、行きませんでしたか、そして、ミルウォーキーの死体安置所で、ある遺体をアルバート・ヘネシー、すなわちあなたの叔父さんと確認しましたか、しませんでしたか？」

彼女は目をぱちくりした。「それだけのために、わざわざいらしたんですの？」

「どうか質問に答えてください。『はい』か、『いいえ』で」

「はい」

わたしはこわばった笑みを浮かべた。「ミス・ヘネシー、こちらへうかがったのは、あなたの確認した遺体が叔父さんとは別人だったということをわれわれが知っている

——そのことをお伝えするためなのです」

彼女はわたしの顔色をうかがっているようだった。「わたしのミスなんです。じつを言うと、遺体をちゃんと見なかったので」

「死体安置所の係員は、あなたが見た、と主張してますよ」

「ええ、死体安置所へ出かけたのは事実です。でも、係の人が引き出しを開けて、遺体をおおう布の、顔の部分をまくりはじめたら、見る勇気がなくなってしまって。それで、目をつぶったまま、こう言ったんです。『はい、アルバート叔父に間違いありません』」

「どうしてです？」

「その前に叔父の札入れを見せられてましたし、電話でも遺体の特徴を聞かされてましたから。それに、警察がそんな間違いをするなんて思いませんもの。第一、ああいうのは単なる形式なんじゃないんですか？」

「いまおっしゃったように、目を閉じていたのなら、死体安置所の係員が気づいて、わたしにそう報告したはずです」

「係の人には、わたしが目を閉じていたことはわからなかったと思います。濃い緑色のサングラスをかけてましたから」

わたしはふくみ笑いをした。「夜中の二時半、警察署の地下にある死体安置所で、濃い緑色のサングラスをしていたというんですか？」

「なぜって、わたし、大泣きして、目が真っ赤でしたから。誰にもそんな顔は見られたくなかったんですもの。それで、建物にはいる直前に、サングラスをかけたんです」

ラルフが彼女の味方をした。「おれには筋が通ってるように思えるな」

フランス窓を通して、ガリクスン署長とクラレンス・タトルが車庫と納屋《なや》のあいだの、こちらからは見えないところへ姿を消すのがわかった。

わたしはヘネシー嬢に注意をもどした。「しかし、どうしてそうも急いで、向こうで遺体を火葬に付す手続きをしたんです？　なぜ自宅まで運ぼうとしなかったんですか？」

「日頃、アルバート叔父から、葬式は無用だと聞かされていたからです。それに叔父は、死んだら、火葬にして、遺灰はミシガン湖にまいてもらいたいと申してました。ミシガン湖はちょうどあちらのほう、ミルウォーキーの隣りでしょう。それで、考えたんです。全部向こうで用事は済むんだから、わざわざ自宅まで遺体を運んでくる必要はないだろうって」

わたしはくじけずに笑みを浮かべた。「遺体が叔父さんでない以上、叔父さんはまだご存命のはずです。お話をうかがうことはできますか？　それとも、急に長期旅行に出かけて、帰宅はいつになるかわからない、とでも？」

「あら、叔父でしたら、けさ、ミルウォーキーからもどりました。いま、ちょうど階段をおりてきますわ」

客間の、開いたドアのほうに目をやった。五十歳くらいの男の姿があった。身長は五フィート八インチ前後、体重はおよそ百七十ポンドというところか。片手にクロスワードパズル雑誌を開いて持ち、難しい顔をしてにらんでいる。

わたしはそう簡単には引き下がらなかった。「叔父さんは何人いるんです？」

「もちろん、ひとりですわ」彼女は部屋にはいってきた男を出迎えた。「叔父さま、こちらはミルウォーキー警察のかた。遺体誤認の件でわざわざおみえになったの」

アルバート叔父――かりに彼がそうなら――はうなずいた。「商用で向こうへ出かけて、スリに遭いましてね。どういうわけか、そのひき逃げの被害者は、わたしの札入れを持っていた。それで、警察ではわたしと勘違いして、アリシアに電話してきたのですよ」

アリシアが苦笑を浮かべた。「打ち明けてしまうと、けさ十時に叔父が帰ってきたとき、わたし、てっきり幽霊だと思いこんでしまって」

アルバート叔父が補足した。「この子を落ち着かせ、酒を一杯飲んで横になったのを確認すると、わたしはミルウォーキーに電話しました。混乱を収拾しようと思いましてね。マスタースン警部と話をしたところ、あなたがたおふたりが、その件でこちらへ向かっていると聞かされた。どうやら、引き留めるには遅すぎたということのようですな」

わたしはもう一度フランス窓から外を見た。ガリクスン署長とタトルがふたたび視野にはいってきた。ガリクスンがタトルの手首に手錠をかけた。

わたしは目を閉じた。

「ところで、どなたか、外国為替《かわせ》の割引料を意味する四文字の言葉をご存じないですか?」アルバート叔父が言った。

「アジオ《AGIO》」わたしは反射的に言った。

彼は当たりをひきあてたような気分になったらしい。「脳の通路を意味する四文字の言葉は?」

「イテア《ITER》。古代ローマの道路という意味もあります」

「まあ」アリシアが言った。「わたし、クロスワードパズルが得意なかたは尊敬してるんです」

「ヘンリーは〈ウィスコンシン・クロスワードパズル愛好会〉の設立メンバーのひとりなんですよ」ラルフが言った。「じつを言うと、クラブの守衛官に選ばれているくらいで」

わたしは肩をすくめた。「たぶん職業柄でしょう」

ガリクスンとタトルがフランス窓から部屋にはいってきた。タトルは注目を浴びたのをおもしろがっていない様子だったが、署長は晴れやかに笑っていた。「死体のありかがわかりましたよ」

わたしは咳払いした。「署長、ちょっと内密にお話があるんですが」

「死体って？」アリシア・ヘネシーがたずねた。

「メイベル・テニンガーのです」ガリクスンは言った。

わたしは自分が耳にした名前について、頭をめぐらした。「いったい誰なんです、そのメイベル・テニンガーというのは？」

「銀行の出納《すいとう》主任だった女性です」ガリクスンが言った。「先週、行方をくらましまして。それと同時に、銀行から三万ドルが消えた。で、わたしらはみな、彼女はどこか知らない土地へ高飛びしたんだろうとみとりました。いつも旅行の話をしとりましたんで」

署長はあいかわらず顔に笑みを張りつかせていた。「ところが、さっきターンバックル部長刑事からチャタレー夫人と、その不釣り合いな愛人の話をうかがって、ふと思いだしましてね、メイベルとクラレンス・タトルがいっしょに歩いとるのを、二、三度、見かけとったことを。そのときは気にとめなかったんですよ、メイベルは四十代で、クラレンスは二十五歳ぐらいですから。たまたま向かう方向が同じなんで、連れ立っていくことにしたとか、そんなとこだろうと思っとったわけです。ところが、部長刑事から死体の処分云々という話を聞かされて、考えなおしてみる気になりまして。

クラレンスにいくつか質問してみましたが、はかばかしい返事が得られない。で、敷地内を歩きまわってみたところ、車庫と納屋のあいだに、その気になったら死体を埋めるのにぴったりな、人目につかない場所があったんですわ。しかも、あたりの低木が、三本ほどしおれとる。ちょうどいったん引き抜かれて、まだ根がもとどおりに張っとらんような具合にね。わたしがスコップを持ってきて掘り返してみようと言うと、クラレンスはとうとう観念しました。どうやら彼とメイベルは関係を持っとったらしい。メイベルは三万ドルを持って、ふたりして町を離れる気でいたんだが、クラレンスのほうにはべつの考えがあった。彼がほしかったのは金だけだったというわけです」

クラレンス・タトルは現行犯で捕まった悪党のような、しょげた顔つきをしていた。

ガリクスン署長がわたしの肩に手を置いた。「ターンバックル部長刑事の助けがなかったら、この事件は解決できなかったでしょうな」

アリシアは明らかにわたしの名前を、名字以外も憶えていてくれたようだった。

「ヘンリー・S・ターンバックル部長刑事でいらっしゃいましたよね？　Sはなんの略ですか？」

「セレンディピティ（偶然にものをうまく見つけだす能力の意）です」ラルフが言った。

嘘《うそ》だった。

「〈ウィスコンシン・クロスワードパズル愛好会〉に入会するにはどうすればいいんでしょう？」

わたしはもうひとつの窓から外を眺めていた。「叔父さんがお持ちの雑誌の、後ろのほうのページに申込用紙があります」

「〈愛好会〉は来週、シボイガンで年次大会を開きます」ラルフが言った。「ここからなら、郡道CC線を東へ向かわれると楽ですよ」

アリシアは明るく言った。「ぜひ参加しますわ」

ラルフとわたしはミルウォーキーへ帰り、午後四時半ごろ、机にもどった。

マスタースン警部がオフィスから顔をのぞかせ、われわれに気づくと、笑顔で部屋から出てきた。「やあ、ヘンリー、またやったな」

この部屋はどうしてこうも暑いのだろう？

警部はラルフのほうを向いた。「ヘンリーから、殺人のにおいがすると聞かされて、妙手のヘルムートとその死について一考してみる気になってな。鑑識に電話して、何か証拠は挙がってないかと訊《き》いたところ、彼をひいた車の、明るい緑色の塗料のかけらが見つかっていた。わたしは自動車局に問いあわせ、ワトスン夫人とその夫について調べさせた。案の定、ワトスンは明るい緑色のセダンを持っていたよ。ワトスン宅を捜索した結果、問題の塗料のかけらは、間違いなく彼の車に由来するものだと判明した。つまり、こういうことだ。ワトスンは昨夜、ビールの六本パックをふたつほど買って、車で帰宅する途中、すぐ前の道路を義理の兄が横切るのを見た。そして、その場の出来心で――というのは、やつの言い分だが――アクセルを踏みこみ、義兄をひいたんだ。ヘルムートにはべらぼうな額の生命保険がかけられていて、保険金の受取人は彼の妹、つまり、ワトスンの女房だった」

その日二度め、わたしは肩に手が置かれるのを覚えた。「きみのひと言がなかったら、ヘルムートをひき殺した犯人は見つけられなかっただろう」

わたしの机の電話が鳴った。わたしは受話器を取りあげた。「こちらはヘンリー・S・ターンバックル部長刑事。Sはセレンディピティの S」

間違い電話だった。

まあ、こんな日もあるさ。

縛り首の木

藤村裕美訳

ロバートスン警部の命令で、ラルフとわたしはグリーン・ベイまで、当地に勾留中の殺人容疑者の尋問に出かけた。残念ながら、出張はなんらの収穫ももたらさなかった。

帰り道は単調な州間高速自動車道を避け、地図の助けを借りて、景色のいい田舎道を選ぶようにした。

午後遅く、森林地帯を走っているとき、車のエンジンが力を失いはじめ、ついには完全に止まってしまった。

ラルフが車を路肩へ寄せ、再スタートさせようとした。モーターはまわったが、エンジンはどうしても始動しなかった。

しばらくして、われわれは車を降り、ボンネットを開けて、エンジンを調べはじめた。

「どこを見ればいいんだ、ラルフ？」

彼は首の後ろをさすった。「それがわかりゃ、世話はない。高校では木工をとったんだ」

あちこちをつついたり、押したりしたあと、期待を抱いて車にもどった。あいかわらずエンジンは言うことを聞かなかった。

ラルフはさじを投げた。「バッテリーが上がっちまってるんだろう。ここでこのまま待つしかないな。誰かが通りかかったら、われわれのうちのどちらかを最寄りのガレージまで連れていってもらおう」

一時間以上待ちつづけたが、車は一台も通らなかった――進行方向も逆方向も。しだいに日が落ちてきた。

「ラルフ、さっき見たら、百ヤードほど先に私道があったよ。ひょっとしたら道の突き当たりには家があって、電話を使わせてもらえるかもしれない」

ラルフがグローブボックスから懐中電灯を取りだしてポケットにしまい、われわれは車を降りた。私道と思えたのは、実際には、かなり狭い田舎道だった。

わたしは遠くに目を凝らした。「ずっと先に、集落か何かがあるようだ」

五分ほど歩いて、最初の建物に着いた。

「なんとまあ、一教室の学校じゃないか！」わたしは言った。「この州に、まだ現役で使われてるところがあるとは思ってもみなかったよ」

ラルフはたいした興味も見せずに建物を眺めた。「ここも使われてはいないんじゃないか。窓がほこりで真っ黒だ」

わたしは負けを認めた。「そうかもしれない。だが、となると、矛盾が生じる。たしかに校舎は使われてないようだが、校庭には草一本生えてない。草が生えてないというのは、人がしょっちゅう行き来してる証拠だ」

「子供たちはたぶんどこかほかの学校へバスで通学してるんだろう。でも、だからといって、ここが放課後の遊び場になっていないとはかぎらないぜ」やがて、ラルフは眉《まゆ》を寄せた。「なんだありゃ？」

「なんだありゃって何が？」

彼の指さす方向を見ると、一本のオークの巨木の大枝から、太いロープがぶら下がっていた。ロープの先端は、恐ろしげな絞首索《こうしゆさく》結びになっていた。

「きっと何か筋の通った説明があるにちがいないよ。忘れずに訊《き》いてみよう」

われわれは歩きつづけた。集落の建物の大半は空き家らしく、半分崩れかけていた。ちらほらと明かりのついた窓があり、カーテン越しにほの暗い光が漏《も》れていた。

ラルフは屋根に目を向けていた。「テレビアンテナがひとつもない」

「おおかたケーブルテレビなんだよ」

通りの突き当たりに、まるでわれわれを歓迎するかのように、かなり大きな二階建ての建物が立っていた。どうやら宿屋のようだった。

ラルフはまだ周囲を見まわしていた。「住民はどこだろう？　閉鎖された学校の校庭で雑草を踏みつけたり、首吊《くびつ》り縄で遊んだりしてる子供たちは？　ここへ来てから、人っ子ひとり見かけていないが」

「われわれをそっとのぞき見してるのさ」

「のぞき見？」

「ああ、カーテンの陰からな。横目を使うと、近くを通り過ぎるとき、カーテンが動くのがわかるよ」

ラルフも横目を使った。「ほんとうだ。連中、家に隠れて、こっそりこっちをうかがっている。どうしてそんなことをするんだろう？」

「われわれはよそ者だ。小さな集落の住民ってのは、たいていよそ者を警戒するもんさ」

「もうひとつ気づいたことがある」ラルフが続けた。「車が一台も見あたらない――動いてるのも、止まってるのも」

二階建ての建物に着いた。幅広の木の階段を上がって、なかにはいった。

屋内はかなり暗かった。照明は石油ランプがいくつか、天井から鎖《くさり》で吊り下げられているだけだった。

背が高く、ほっそりした、年齢不詳の男がカウンターの後ろに立っていた。近づいていくと、口元にかすかな笑みを浮かべた。

「この村にガレージはあるかな?」わたしはたずねた。

「ガレージ?」フロント係はしばらく考えこんでいるようだった。「いいえ、この村にはございません」

ラルフが周囲を見まわした。「電話を使わせてもらいたいんだが」

「電話は置いておりません」

ラルフは眉をひそめた。「ここはホテルだろう、だのに、電話がない?」

「この村に電話は一台もないのです」

ラルフが、何もかもわたしの責任だと言いたげな顔をして、こちらを見た。「こりゃ最高だ! へんぴなど田舎で立ち往生した上、やっとこさたどり着いた村には電話がないときた。これなら、車にもどって、誰かが通りかかるのを待ったほうがましだ」

「そろそろ外は真っ暗です」フロント係が言った。「それに、今晩、あの道をべつの車が通るとはまず思えません」

「ラルフ」わたしは言った。「今夜はここに泊まって、車にもどるのはあしたの朝にしたほうがいいんじゃないか。なにも好きこのんで居心地の悪い思いをする必要はない。それにほら、宿泊費は署持ちだろ」

フロント係が宿帳の向きを変えた。鋼《はがね》のペン先のついたペンと、インク壺《つぼ》をしばらく見やってから、わたしは自分のボールペンを使うことにした。空白のページの一行めに次のように記した。〝ヘンリー・J・ターンバックル部長刑事　MPD〟

フロント係はわたしの手元を見ていた。「MPD？　称号か、受勲のしるしかなんかですか？」

わたしは遠慮がちに微笑した。「ミルウォーキー市警察の略だよ」

ラルフも記帳した。

「ひとり部屋をふたつ？　それとも、ふたり部屋をひとつ？」フロント係がたずねた。

「テレビはないよね？」ラルフがさしたる期待もこめずにたずねた。

「はい、テレビはございません」

「そういうことなら、ふたり部屋にしてくれ。ヘンリーとおしゃべりして時間がつぶせるから」

フロント係が番号札のついた鍵《かぎ》を寄こした。「二十一号室へどうぞ」

狭くひとけのない、食堂らしき部屋が片側に見えた。「食事はできるかい？」わたしはたずねた。

フロント係はふたたび微笑した。「はい」

ラルフとわたしは食堂にはいって、席に着いた。

ラルフは周囲を見まわした。「ここはどういうところなんだろうな？」

わたしはふくみ笑いした。「しつらえにとまどってるってところか？」

「しつらえって？」

「このホテルのしつらえ、コンセプトだよ。わからないか、ラルフ。彼らは過ぎし日の雰囲気を再現してるんだ——ランプ、つけペンとインク壺、フロント係の服装。このホテルのテーマは一八四七年だな」

「どうして年までかっきりとわかる？」

「フロント係の後ろにかかっていたカレンダーさ。一八四七年の十月になっていた」

ラルフは感銘を受けなかった。「たいして繁盛してるふうでもないな。客はおれたちだけのようだし。メニューはどこだろう？」

「昔は、小さなホテルには印刷されたメニューはないのが普通だった。客は出てくる料理を食べたのさ」

いったん姿を消したフロント係が、陶製の大型ジョッキをふたつ持ってもどってきた。どうやら店のおごりらしい。ジョッキをテーブルに置いた。「お食事の準備に二十分ほどかかります。今夜はローストビーフです」彼は立ち去ろうとした。

「ちょっと聞きたいんだが」ラルフが声をかけた。「ここへ来る途中、校庭の木に、絞首索結びにされたロープがぶら下がってるのを見てね」

フロント係の視線が揺らいだ。「ああ、あれは縛《しば》り首《くび》の木です。あそこで魔女が縛り首にされたのです」

「魔女って?」ラルフがたずねた。

「レベッカ・ウィンスロップ。彼女は首をくくられて死にました。一八四七年のことです」

わたしはうなずいた。「正確には、一八四七年の十月二十九日だろ?」

「おっしゃるとおりです」

わたしは微笑した。「そして、毎年十月二十九日になると、村では事件を記念して、あの木にロープをぶら下げるというわけだ」

「そのとおりです」

ラルフは彼が下がるのを見送った。「すごい偶然だ。きょうはたまたま十月二十九日だぜ」

「ラルフ、偶然とか、そういうことは全然関係ないんだ。かりにわれわれがここへ来たのが、十月一日だったとしたら、あいつは、魔女が縛り首にされた日を、一八四七年の十月一日と説明したろう。同じように、来たのが六月十日だったら、縛り首は六月十日になるんだよ」

ラルフはため息をついた。「なるほど。とにかく年は変わらないんだな」わたしの背後に目をやり、かすかに身をこわばらせたようだった。何が彼の注意を引きつけたのか確かめたくて、ふり返ってみると、戸口にひとりの女が立っていた。

女は簡素な作りの、ゆったりとしたドレスを着ていた。高いえりにはレースの飾りがつき、すそは床まで達している。これが一八四七年の最新流行だったにちがいない。このホテルの女主人かもしれない、とわたしは思った。

女がこちらへやってきた。「ご満足いただいていますか?」目は緑色だった。

「まあね」わたしは答えた。「ただ、例の縛り首の木と魔女について、ちょっとだけ聞かされて、おあずけを食ってる気分でね。もう少し、くわしく教えてもらえないだろうか?」

女の顔にゆっくりと笑みが広がった。「おやすいご用ですわ。このホテルは一八四〇年代初め、ジョゼフ・ウィンスロップによって建てられました。グリーン・ベイとミルウォーキーを結ぶ乗合馬車の、宿泊のできる停車場のひとつだったんです。ホテルは繁盛し、まわりに集落ができました。一八四七年、独身だったジョゼフは、故郷のニューイングランドへ、花嫁探しにいくことにしました。そうして連れ帰ったのが、レベッカです。一か月後、ジョゼフは精神を錯乱させて死亡し、このホテルはレベッカのものとなりました」

彼女の目がかすかに光ったようだった。「その後、村では不可解な出来事が頻発するようになりました――不審火が起きたり、ペットが行方不明になったり、子供が魔法にかけられたり。子供たちはひきつけを起こして、トランス状態に陥り、わけのわからないことをしゃべったんです。ときどきホテルの客がふっつりと姿を消すという噂《うわさ》もありました。その客が発《た》ったかどうか、誰も憶えていないのです。村人たちはレベッカと目をあわせるのを恐れはじめ、なかには彼女は魔法を使うと考える者もいました。

災厄と恐怖はいや増し、ついに一八四七年十月二十九日の晩、頂点に達して、村人たちはこのホテルの前に集まりました。夜十時、二階にあるレベッカの部屋へ乱入したのです。そして、階段を引きずり降ろして、彼女を校庭へ連れていき、首にロープをかけました。処刑の前に、彼女はひと言だけ話をすることを許されました。村人たちは期待したわけです――彼女が魔女であることを認めて、天に許しを請うのを」

ラルフは目を丸くしていた。「で、そうしたの？」

「いいえ。それどころか、死ぬ間際に、この村に呪《のろ》いをかけました。こうして毎年、彼女の命日には、この村にいる誰かが、村人たち自身の手によって縛り首にされることになりました――最後のひとりに至るまで。その残ったひとりは、自分で首をくくらなければならないのです」

ラルフは目をしばたたいた。「当時、村の人口はどれくらい？」

「九十三人でした」

彼はちょっと計算してみて、ほっとしたようだった。「やれやれ、もしその呪いがほんとうに効いたのなら、最後の村人は一九四〇年に自殺してるはずだな」

わたしは微笑した。「〝この村にいる誰か〟だろう？　〝この村に住む誰か〟ではなくて。レベッカにしてみれば、不運な抜け道ということになるが、村人たちはそこに気づいたんじゃないか？」

彼女の目がつかの間、光った。「ええ、そのとおりです」

わたしはラルフのほうへ視線をもどした。「言い換えれば、毎年の生けにえは正真正銘、この村の住民である必要はないんだ。通りすがりの者で代用してもかまわないんだよ。たとえば、まさにこのホテルの客とか。しかし、ときにはうまい具合によそ者が捕まらなくて、村人が身を犠牲にするしかなかったときもあったんだろう？」

「ええ、そのようなときもありました」

ラルフは女の喉元《のどもと》のレースを見つめていた。「いま、この村の人口は？」

「三十八人です」

「いいだろう」ラルフは言った。「かりにその呪いがほんとうに効いてると仮定しよう。そうだとしても、なぜ村の連中はさっさとここから出ていかない？　どうして縛り首にされるのをおとなしく待ってるんだ？」

わたしは微笑した。「ラルフ、きみは呪いというものが全然わかってないな。いったん村が呪いにかけられたら、そこから出ていくことは誰にもできないんだよ。まわりにバリアみたいなものができるから」

ホテルの女主人がかすかにうなずいた。「では、そろそろ失礼いたします」

女が立ち去ると、先刻のフロント係――いまではウェイターだった――が食事を運んできた。

ラルフが彼を引き留めた。「村の子供たちはどこの学校へ通ってるの？　つまり、バスで村を出てるんだろう？　バリア――」かすかに赤面した。「村の境を越えて？」

「ここにはもう子供はひとりもおりません」ウェイターが言った。「みな成人しました」

「さっきまで、ここにいた女性は誰だい？」わたしはたずねた。

彼はわたしのほうに顔を向けなかった。「女性など見ておりませんが」

彼が立ち去ると、ラルフはビールを一気に飲み干した。もう一杯欲しそうな顔つきをしていたので、わたしは自分のジョッキを彼のほうへ押しやった。「ほら、これをやるよ。ビールは嫌いなんだ」

　食事は薄味ながら、とてもおいしかった。だが、ラルフはほんの少し口をつけただけだった。

　食事を終えて、立ちあがった。「人口三十八人の村では、暗くなってからは、たいしたお楽しみもないだろう。早めに床《とこ》についたほうがいいな」

　窓のところで立ち止まり、月夜の屋外をのぞいた。「あの校庭がここからも見える。なんだか首吊り縄がふたつに増えてるみたいだ。たぶん窓ガラスにひびでもはいっていて、錯覚を起こしてるんだろう」

　ラルフは外を見て、首の後ろをさすった。われわれ以外に誰もいないことを確かめるかのように周囲を見まわしてから、フロントのカウンターの奥にはいり、二十八番のフックから鍵をひとつはずした。

「ラルフ、何をしてるんだ?」わたしはたずねた。

「部屋を変える。二十一という数字は、おれには縁起が悪いんだ」

　二十八号室にはいると、われわれはラルフの懐中電灯を頼りに、なんとかテーブルランプのひとつに火をつけた。そのあとラルフはドアに錠をおろして、かんぬきをかけた。

　彼は上着を脱いで、木製の揺《ゆ》り椅子《いす》に腰かけた。椅子を揺らして考えこみ、ドアをにらみつけていた。

わたしは読むものを探した。化粧だんすのいちばん上の引き出しに聖書があるだろうと思ったが、見つからなかった。ほかの引き出しをあさってみると、革表紙のジョン・ミルトンの『失楽園』が出てきた。

ランプのそばに身を落ち着けて、ラルフのほうを見やった。彼は靴を脱いで、どうやら寝入ってしまったようだった。

しばらく読書していると、外でがやがやと人の声がしはじめた。窓のほうへ行ってみたが、そこから見えるのは、建物の裏手の森だけだった。

声は明らかにホテルの正面から聞こえてきた。わたしは耳を澄ました。うん、間違いない、声はいよいよ大きくなっている。怒りの叫びや、悪態すら聞こえる。まさに暴徒だ。

腕時計に目をやった。十時になろうとしていた。

ラルフの体を揺さぶった。「ラルフ、こいつを見逃しちゃいけない」だが、彼は薬を盛られたかのように、眠りこけていた。

暴徒が足音も荒く階段をのぼってきた。

ドアのところへ行って、かんぬきをはずし、ノブをまわす段になって、錠がおりているのを思いだした。ラルフのところへもどって、上着を探った。いったいこいつは鍵をどこへやったんだ？

いまでは廊下のどこかで、ドアの打ち壊される音がしていた。

身をかがめて鍵穴をのぞきこみ、外をうかがおうとした。だが、視界はさえぎられているようだった。なんてこった、これでは、せっかくの余興が全部ふいだ。

心底いらだちながら、わたしは暴漢たちが廊下を動きまわる音に聞き耳を立てていた。

数分たつと、おおかたの動きは階段のほうに移動したようだった。足音が階段を下っていった。

ざわめきは小さくなり、建物の外へ移って、しだいに遠ざかっていった。

ふたたび窓辺に近づいた。だが、もちろん、そこからは何も見えなかった。もともとあてがわれた部屋にいさえすれば、確実に一部始終が見届けられたはずだった。

わたしはため息をつき、もう一度ラルフを起こそうとしたが、うまくいかなかった。ひと晩じゅう、揺り椅子で過ごさせるよりは、と考えて、彼の体を肩に担ぎあげ、ベッドへ運んだ。彼はあいかわらず正体もなく眠っていた。

わたしはもう少し『失楽園』を読んでから、眠りについた。

翌朝、八時に目が覚めた。表は明るかったが、ひどい霧だった。窓の外は十フィート先もほとんど見えそうになかった。

ラルフがようやく目を開けた。そして、大きく見開いた。拳銃を抜き放って、ものすごい形相でドアをにらみつける。

悪夢から目覚めたばかりにちがいなかった。「ラルフ、落ち着けよ」わたしは声をかけた。

彼はひどく寝ぼけている様子だったが、しだいにしゃんとしてきた。窓を見つめていた。「日の光だ」自分の見ているものが信じられないような口調だった。

「ああ、朝だよ」わたしは言った。「それに、きみは何もかも見逃した。まあ、それを言えば、わたしもだが」

「見逃したって、何を？」

「魔女狩りの再現だよ。それとも、村人のひとりのリンチを模したのかな。この目で見たわけじゃないが、物音はすごくリアルだった。暴徒が二階へ殺到してきて、ドアをぶち壊し、どうやら犠牲者を縛り首の木まで運んでいったらしい。運がよければ、その彼だか、彼女だかが、ほんとうに吊るし首にされるところが見られたかもしれないのにな」

ラルフがつかの間、目を閉じた。そして、靴を探して、その片方からホテルの鍵をふりだしたのち、足に履《は》いた。上着をはおり、ドアの錠をあけて、外をのぞいた。

「よし、さっさとここからずらかろう」

廊下の先で、一枚のドアが破られ、蝶番《ちょうつがい》ひとつだけでぶら下がっていた。「ほらほら、きっとたいした見物《みもの》だったろうなあ」

ラルフはのんびりしているつもりはないようだった。ロビーへおりてみると、フロントには誰もいなかった。じつのところ、ホテルにはまるでひとけが感じられなかった。「おーい」わたしは呼びかけた。「おーい、誰か？」

「黙れ、ヘンリー」ラルフが言った。「起こしちゃまずい」

「でも、支払いを済まさなければ、出発できないよ」

彼は正面玄関のほうへ向かった。「おれたちがMPDの者だってことは知られてる。請求書を送らせりゃいい」

わたしは宿帳をちょっと確認してから表へ出て、霧のなかでラルフに追いついた。

わたしはふくみ笑いをした。「縛り首の木には、きっと人形がぶら下がってるよ。魔女か、村人たちのひとりか、どっちに似せてあるだろうね」

ラルフは難しい顔をしていた。「やつらは霧のなかで待ち伏せてるんだろう。こっちが来た道を引き返すと考えて」

「ラルフ、何をぶつぶつ言ってるんだい？」

彼はもやのかかった太陽を見上げた。「いまは朝だし、太陽は東から昇る。あの道は、このいまいましい村の東側だった」わたしの腕をつかむと、賢明にも東だと推定した方向へ歩きだした。

百ヤードほども進んだろうか。ふいに、まったくの別世界にはいっていた。日がさんさんと降りそそぎ、空は青く澄みわたっている。

ふり返って、濃い霧の奥を凝視した。ホテルも集落も見えなかった。「開発計画がずさんだよな、くぼ地に集落を造るなんて。きっと毎朝、濃い霧に包まれるんだよ。太陽が霧を散らしてくれるまで」

ラルフが森を抜ける小道を見つけ、ようやく道路に出た。車は半マイルほど先の、路肩に止まったままだった。

ラルフが先をせかしたので、車にたどり着いて乗りこんだときには、わたしは少々息を切らしていた。

ラルフがイグニッション・キーをまわした。

「ラルフ、ゆうべ動かなかったものが、けさになって動くわけはないよ」

エンジンはすぐにかかり、車は路肩から離れた。タイヤが砂利《じゃり》をはね飛ばした。

ラルフは車のスピードをかなり上げ、郡道に出ると、ようやく速度を落とした。

「要するにあんたの考えでは、あの村の連中は、おれたちのために私刑を再現したにすぎないんだな。ドアが破られたのは二十一号室だったろ、本来おれたちが泊まるはずの？」

「いや、二十五号室だ」

ラルフは渋面を作った。「二十一号室じゃない?」しばらく黙りこんでいた。「村人たちのやったことは、ほんとうに全部芝居だったんだろうか? たかがふたりの客を楽しませるだけのために、高価なドアをたたき壊したりするだろうか?」

「ドアは卸値で買ってるんじゃないか。そうでなければ、中古品とか。それに、公演の日取りが決まったら、お客が少ないからというだけの理由で中止にはできない。ショーは続けなくてはならない、と言うだろ。それに、ゆうべの客はわれわれだけじゃなかった。ほかにもふたりいたんだよ」

ラルフが目をしばたたいた。「ほかにもふたり?」

「ああ。ホテルを発つとき、宿帳を見てみたら、われわれのあとにふたり記帳していた。われわれが部屋へあがったあと、到着したにちがいないね。ジョン・スミス夫妻だそうだ」わたしは苦笑した。「名前がこれじゃあ、万が一、この地上から忽然《こつぜん》と姿を消したとしても、身元の割りだしようがないよな」

ラルフが急に車の速度を落として、Uターンした。

「ラルフ、どうしたっていうんだ?」

「引き返す」

「でも、なぜ?」

「なぜって、おれは第一に警官であって、恐怖は二の次だから。そうか、やつらは、ジョン・スミス夫妻のほうが、ふたりの警察官より捕らえるのが簡単だと判断したんだ。警察官のひとりはビールを飲まなかったし」

今度は何をぶつぶつ言っているのだろう？

ふたたび森林地帯にはいると、ラルフは車の速度をゆるめて、道端にじっと目を注いだ。そして、しまいに車を止めた。「あの道がなくなっている。道も、それから集落も」

わたしはあたりを見まわした。「道を間違えたんじゃないか」

「いや、間違えてはいない。何もかもここにあるはずなのに、ない。たぶんもう見つからないだろう」

彼はこの朝、二度めのUターンをして、来た道をもどった。

わたしはまたふくみ笑いをした。「しかし、〝ジョン・スミス夫妻〟とはねえ。まったく、世の中には想像力のない人がいるんだよなあ」

ラルフが道路から目をそらした。「ヘンリー」

「なんだい？」

そして、ため息をついた。「なんでもない。なんでもないんだ」

ミルウォーキーには充分正午までに帰り着いた。

デヴローの怪物

藤村裕美訳

「あなた自身はあの怪物を見たことがあるの？」婚約者のダイアナ・マンスンがたずねた。

「いや」わたしは答えた。だが、実際には見ていた、それも幾度となく。わたしは微笑した。「でも、目撃者の話を総合すると、デヴローの怪物は雪男にかなり似てるらしい。ただ、毛の色は温帯の気候に適応してて、たしか濃い茶か、黒じゃなかったかな」

「笑いごとじゃないわ、ジェラルド」ダイアナが言った。「なんといっても、ゆうべ、あなたの家の怪物を見たのは、わたしの父なんですもの」

「正確には、日暮れどきだ」マンスン大佐が口をはさんだ。「散歩を終えて、門をはいろうとして、ふり返った。霧が出ていたが、それでも、六十フィートほど離れたところに、あの怪物がはっきりと見えた。こちらをにらみつけておったから、わたしはすぐさまショットガンを取りに家へ走った」

フレディ・ホーキンスがかなりの努力をして謹聴の姿勢をとりつくろった。「で、やつを撃ったんですね？」

マンスン大佐は赤面した。「いや。足を滑らせて、倒れた。頭を打って、昏倒《こんとう》した」わたしたちをねめつけて続ける。「気絶したわけではない。断じて気絶したわけではないぞ」

「もちろんですとも」わたしはうけあった。

マンスン大佐は最近退役し、およそ八か月前、娘のダイアナとともにこの地に引っ越してきた。村はずれの家を購入したのだ。

英国陸軍士官学校《サンドハースト》を出て、武勲にはやる彼は、一九一八年十一月十二日、連隊に入隊し、それが驚くほど首尾一貫した軍歴の口切りとなった（その前日、第一次大戦は終結した）。第二次大戦時には、モンティ（バーナード・ロー・モンゴメリー将軍）の北アフリカ方面作戦のあいだじゅう、イギリス国内にいた。やっとのことでアフリカ大陸への転属許可を得て、かの地に到着したのは、ロンメルの支配が潰《つい》えた三日後。ヨーロッパ進攻作戦のあいだは、アフリカの太陽の下、じりじりしながら過ごし、ついに息せき切ってフランスに駆けつけたときには、戦場はベルギーへ移動していた。連合国軍がドイツでソ連軍と合流したときには、なおカンヌ近くの新兵訓練所で息巻いていた。一九五〇年代、朝鮮半島に着任するや、時を同じくして休戦が告げられた。スエズ動乱のさなかには、ジブラルタルにしっかりと腰をすえていた。噂《うわさ》によれば、彼が最後に所属した連隊の下士官は――秘密の会合で――彼を公式にノーベル平和賞の候補に推挙したということである。

フレディがため息をついた。「うちの屋敷にいるのは、騎士の幽霊だけだもんな、『剣《つるぎ》をもて！』と叫んで、クロムウェルをののしりながら走りまわる。かなりありふれてるだろ？　ぼく自身はまだ見たことがないんだけど、望みは捨ててないんだ」

ダイアナが考えこむように眉《まゆ》をひそめた。「お父さま以外に、最近、デヴローの怪物を見た人はいるのかしら？」

「ノーム・ワキンスが数日前の晩に見てる」フレディが言った。

わたしは微笑した。「どうかな」

フレディはうなずいた。「たしかに。ノームはアルコールに目覚めてからというもの、しらふでベッドにはいったことは一度もないもんな。でも、いつだって、かろうじて自力で自宅まで歩いてもどるんだ。実際、金曜日の晩には走ることだってできた。ノームが村を出たのはいつもの時間、つまり、行きつけのパブが閉まったとき。で、例のごとく帰っていったわけだけど、ウォーリーの石塚の北まで来たとき、『なんかの気配を感じて、顔を上げた』。そしたら、やつがいたんだよ。あの辺には巨石があちこちにあるけど、そのひとつの上にうずくまって、下をにらんでいたのさ。怪物についての彼の説明はちょっとあいまいだ——その場にぐずぐずしてたわけじゃないからね。でも、話をつなぎあわせてみたかぎり、怪物はいくぶん類人猿に似ていて、両腕をだらんとたらし、醜怪な顔に、黄色の目を光らせていたらしい。彼の主張では、やつには牙《きば》があって、吠《ほ》え声をあげながら、まさに彼のコテージの玄関まで追ってきたんだそうだ」

「銀の弾丸を詰めた拳銃を用意すべきかな」わたしはつぶやいた。

「そいつが効くのは、狼男《おおかみおとこ》だけだよ」フレディがものうげに伸びをした。「この九十年のあいだに、怪物は数十回は目撃されている」

ダイアナがわたしのほうを向いた。「ジェラルド、いったいどういういきさつで、あなたの家はこの怪物を背負いこむことになったの？」

「それについては、穏やかならぬ逸話がある。でも、うけあってもいいが、デヴローの怪物なんてものは実在しないんだ」

フレディが耳を引っかいた。「ジェラルドのお祖父《じい》さんには弟がいた。名前はレスリー。ところが、このレスリーにはちょっと野性的なところがあって、姿を消す直前には……」

「彼はインドへ渡った」わたしは口をはさんだ。「そして、結局、向こうで亡くなったんだ」

「……姿を消す直前には」フレディは続けた。「いささか毛深くなっていたらしい」

わたしは祖父が息子に遺《のこ》した手紙の一節を思いだした。その手紙は現在、父からわたしへと受け継がれている。

最初に異変に気づいたのは、わたしが偶然、〈赤猪亭《あかいのししてい》〉でレスリーと行きあわせたときのことだ。そこはわたしがいつも利用する店――そもそも、パブへ行くときの話だ――ではなかったが、その近所にある仕立て屋を訪ねた帰りで、一杯聞こし召したくなっていた。

店にはいると、カウンターに弟の背中が見えた。と同時に、ほかの客が弟を敬遠しているらしいこと、バーメイドに至っては、かなり顔を蒼《あお》ざめさせていることに気づかされた。

近づいていくと、レスリーはふり返り、そのとたん、わたしは驚きで足がすくんだ。弟の眉毛は濃く、もじゃもじゃで、髪の生え際はほとんど目元まで下降し、肌の色は濃い茶色に変わっていた。弟はわたしに意地の悪い目を向け、汚れた黄色い歯をむき出しにした。

最後に顔をあわせてから二時間も経過していないというのに、わたしには弟の見分けがほとんどつかなかったのだ！

「言い伝えによると」フレディは続けた。「ジェラルドの大叔父《おおおじ》さんはアフリカだの、インドだの、そういう辺境の地には行かなかったそうなんだ。しまいに、兄上によって監禁されたんだよ。三階の東の部屋だったっけ、ジェラルド？」

「屋敷のどこかだ」わたしは言った。「もっとも、怪物を閉じこめるのなら、ほかにもっと理にかなった場所があると思うがね、地下室とか」

「湿気が多すぎる」フレディが反論した。「それに、忘れないでもらいたいが、きみのお祖父さんは弟のことをけっこう好いていた――怪物であろうと、なかろうと」

ダイアナの目が丸くなった。「ということは、つまり……」

「うん、そのとおり」フレディが答えた。「レスリーがデヴローの怪物に変身したとみられてるんだ」

「まあ、恐ろしい」ダイアナがお約束どおりに言った。「でも、どうしてそんなことに？」

フレディは肩をすくめた。「さあね、遺伝かも。で、結局、怪物は逃げだした。鎖《くさり》を嚙《か》み切ったと言われてる。デヴロー家の人たちは代々、丈夫な歯をしてるからね」

わたしのほうを向いた。「それとも、健康のために、ときどき外へ出されてたのか？」

「祖父が怪物を解き放ったはずはない」わたしはきっぱりと言った。「名誉にかかわる」

フレディは計算を始めた。「この怪物が人間……つまり、生身の肉体を持つんなら、いまではゆうに九十歳を超えてるだろう――変身したときのレスリーの歳を考えると。もうかなりの老いぼれってことになるな。どうでしょう、大佐、やつの体の具合にお気づきになりましたか？」

マンスン大佐は顔をしかめて床をにらんだ。「わたしには充分すばしこく見えた」

「目撃談はたくさんあるのね」ダイアナが言った。「でも、その怪物、人に危害を与えたりするの？」

フレディがかすかな笑みを見せた。「八十五年前、サム・ガーヴィスって男が、荒れ野《ムア》で死んでるのが見つかった。遺体はめちゃくちゃな状態だった」

「当時、一帯には野犬の群れがいくつも徘徊していた。ガーヴィスは不運にも、そういう群れのひとつに出くわしてしまったんだよ」わたしは言った。

「そうかもな。でも、それから十五年後、きみのお祖父さんが、崖下《がけした》で死んでるのが見つかった」

「転落したんだ。首の骨が折れていた」

「転落したのは、怪物に追いかけられたからかもしれない。怪物は、その事件の少し前にも目撃されてるんだ。それに、きみのお父さんの件がある。事実上、正面玄関で、恐怖のために亡くなったじゃないか」

「わたしは気絶したわけではない」マンスン大佐がつぶやいた。

「父の死因は恐怖じゃない。心臓が弱いのに、無理な運動をしたせいだ」腕時計に目をやり、立ちあがった。「そろそろおいとまするよ、ダイアナ」

フレディも立ちあがった。「ぼくも母が待ってるから。それに、荒れ野を歩くのに、ジェラルドには護衛役が必要だ。「誰か恐れを知らない人が」

大佐が玄関まで見送りにきた。彼は背の低い、肩幅の広い男で、軍人ふうの口ひげには白いものが交じっていた。「あの怪物を退治してやろうと思っとる」

「幸運をお祈りします」わたしは言った。

「たしかに幸運は必要だ」彼は陰気に言った。「マラヤでは虎《とら》を狩った。ケニヤでは豹《ひょう》を、カナダでは灰色熊を。だが、獲物を仕留められたことは一度もないんだよ」

フレディとわたしは別れのあいさつを済ませると、午後遅くのうすら寒い霧から身を守るべく、えりを立ててから、歩きだした。

「きみがうらやましいよ」フレディが言った。

「怪物なら、喜んで進呈するぜ」

「ダイアナのことさ」

「それなら話はべつだ」

フレディは考えこんだ。「まさか、いまさら求愛はできないしな。具体的な日取りとかは決まったの?」

「六月に挙式の予定だ」

彼はため息をついた。「それまでに、怪物がきみを八つ裂きにしてくれないもんかなあ」

「助力はしないでくれよ、頼むから」

「考えてもいない。なんたって、ぼくらは有史以来の知り合いだからね、言うなれば。同じ連隊にいたし、きみの命を助けもした」

「かろうじてな」

「ぼくは包帯やなんかの扱いが下手なんだ。それに、止血点の位置が思いだせなかったし」

わたしたちはしばらく黙って歩いた。やがて、彼が言った。「きみはほんとうに怪物の存在を信じてないいんだね?」

「もちろんだとも」

小道の分かれ道で彼と別れ、わたしは〈ストーンクロフト〉と呼ばれるわが家へ向かった。

地衣におおわれた巨石のあいだを進み、遺跡のところで、しばらく足を止めた。屋根はなく、円形の低い石組みが残るだけだが、かつてここは、いまでは忘れられた、記録にもない部族の住居だった。その部族はおそらく直立歩行していたのだろうが、わたしはややもすると、彼らが毛むくじゃらで、よく四つ足でこそこそ走ったのではないか、と想像しがちだった。

彼らはどうなったのだろう？　ほんとうに死に絶えて、塵《ちり》と化したのか、それとも、彼らの血はいまもわれわれの血管を流れているのか？

荒れ野の風がやみ、わたしはかすかなかさかさいう音に顔を上げた。渦巻く霧の向こうから、黒っぽい人影がゆっくりと近づいてきた。

相手との距離が二十フィートほどにまでせばまってみると、ヴァーディ・ティブスだとわかった。

ヴァーディはおつむが足りない。じつのところ、ひどくおつむが足りないから、好んで荒れ野を歩きまわる。

彼はわたしを見ると、多少がっかりしたようだった。だが、声をかけてやると、笑顔になった。「やあ、ヴァーディ」

「友だちかと思った」ヴァーディは言った。

「友だち？」

ヴァーディは顔をしかめた。「でも、いつも逃げちゃうんだ」

「誰の話だ？」

ヴァーディはまたにっこりした。「彼には毛がある」

「誰に毛があるって？」

「ぼくの友だち。でも、いつも逃げちゃうんだ」ヴァーディは首を横にふって、ふたたび夕闇《ゆうやみ》のなかに消えた。

それから十分後、〈ストーンクロフト〉に着いた。うちの屋敷が建てられてどれくらいになるのかは、誰も知らないらしい。はるか昔、質素な石造りの建物として建てられ、歴代のデヴロー家の者が手を加えていった。最後の大がかりな増築が行なわれたのは、一七二〇年。わたしがこれまでに手がけたのは、配管工事と、電気や電話の設置のみで、現在は三階建ての建物の中央部分を、ごく一部だけ使っていた。

飾り鋲《びょう》のついた玄関ドアのところに着くと、大きな鍵《かぎ》がまわされ、かんぬきが引かれる音がした。巨大な扉が開いた。

「おやおや、ジャーマン、戸締まりすることにしたのか？」

彼がかすかに微笑した。「家内が言い張りますもので。きょうびはそうしたほうが賢明だと申すんです」

「怪物が建物のなかにはいってきたって話は聞かないぜ」

「何事にも最初というものがございます」

ジャーマンと彼の妻、そして、二十歳《はたち》になる、ふたりの息子のアルバートが、うちの現在の召使いのすべてだった。アルバートはいなくても済むかもしれなかったが、デヴロー家とジャーマン家には、ほぼ同時期に〈ストーンクロフト〉の敷居をまたいだ、という縁がある。ジャーマン家の人間を追いだすのは、磁石のひとつを取り除いたり、〈ストーンクロフト〉の土台を取り払ったりするのに等しかった。

翌朝、遅い朝食をとっているとき、ジャーマンが心配事で気もそぞろらしいのに気がついた。コーヒーを運んできたとき、わたしは彼にたずねた。「何か案じてることでもあるのか?」

彼はうなずいた。「アルバートのことです。ゆうべ、村へ出かけまして。十時半までにもどりませんで、そのときは家内もわたしも気にとめず、床《とこ》につきました。ところが、けさになってみたら、ベッドで寝《やす》んだ形跡がないんでございますよ」

「友人のところにでも泊まったんじゃないのか」

「はい。でも、それならそれで電話ぐらい寄こしそうなものです」

フレディ・ホーキンスが庭のほうからやってきて、テーブルについた。「ちょっと立ち寄って、きみが疲れてないかどうか確かめてやろうと思ってさ」彼は自分でベーコンを取った。「ゆうべはよく眠れたか?」

「ぐっすりとね」

「夢遊病になったりしてない？」

「そういう経験は、生まれてこのかた一度もない」

「なんか毛深くなってきたみたいだよ」

「そろそろ床屋へ行かなきゃならないし、まだひげを剃《そ》ってないから。独身者の特権だな」

「靴の底を調べさせてもらえないかな？」

「プライバシーの侵害だ。それに、かりにわたしがゆうべ、怪物になって荒れ野を徘徊したんだとしても、そういうときには、靴は履かないんじゃないか」

「足首から上だけ怪物だった可能性もある」スクランブルエッグを少し取る。「マンスン邸へ行くよね？」

「もちろん」

「ついてってもいいか？」

「すっかりのぼせちまってるみたいだな」

「宿命なのさ。ぼくらホーキンス家の男たちは、例外なくひょろっとしていて、退屈で、ぼんくらなんだが、きまって、活発で、実際的な女性に惹《ひ》かれるんだ。ダイアナと近づきになって、彼女が昔、会計学を学んでいたと聞いたとたん、ぼくは雷に打たれたような衝撃を受けた。なあ、どうだろう、ここは譲ってもらえないかな、戦友のよしみで？」

「そういうのは礼儀にもとる」

「たしかにね」陰気に言った。「紳士のやることじゃないもんな。婚約を破棄するのは、女性の特権だ」何かほかにも気にかかっていることがあるらしく、しばらく黙っていた。「ジェラルド、昨夜、ダイアナが怪物を見たそうだ」

わたしは眉をひそめた。「どうしてそれを、きみが知ってる？」

「彼女がうちの母に電話してきた。母とはうまがあうんだ」コーヒーカップを置いた。「自室に下がってすぐ、ダイアナは外で物音を聞いたように思った。で、窓辺に近づいたところ、怪物が月明かりの庭に立っていたんだ。大佐を起こし、大佐がショットガンを探しだしたときには、すでに逃げ去っていた」

わたしは煙草《たばこ》に火をつけ、数回、考えこむように吹かした。

フレディはわたしを観察していた。「ぼくも、どう考えたらいいかわからないんだ」

ひげを剃ると、わたしたちは歩いてマンスン邸へ向かった。

ダイアナが玄関で迎えてくれた。「ジェラルド、ちょっとふたりだけで話したいんだけど、お願い」

フレディは元気なく手をふって、別れを告げた。「村へ行ってるよ。是が非でも会いたいっていうんなら、〈赤猪亭〉にいるから」

　ふたりきりになると、ダイアナはわたしのほうを向いた。「あのね、わたし、怪物には堪えられないの」

「でも、フレディは、実際はとても……」

「わたしが言ってるのは、デヴローの怪物のことよ」

「ダイアナ、かりに実在するんだとしても、ほんとうは害がないんだと思うよ」

「害がないが聞いてあきれるわ！　とっても危険よ」

「たとえそうだとしても、恐れる必要があるのは、デヴロー家の男たちだけだ」

「ジェラルド、わたし、この件を実際的な面から検討してみたの。結婚したあと、あなたが殺されたりしたら、困るのよね、とくに子供がいたら。あなた、わかってる？最近の相続税を考えたら、〈ストーンクロフト〉は売らざるをえなくなるわ。わたしはロンドンへ働きに出なくちゃならなくなるかもしれない。でも、わたし、母親が仕事を持つことには反対なの」

「しかし、ダイアナ……」

「ごめんなさい、ジェラルド。よくよく考えたことなの。とくにゆうべから。残念だけど、婚約は解消しましょう」

「ダイアナ」わたしは言いかけて、ためらった。「誰か……誰か、ほかにいるの？」

彼女はしばらく思案していた。「ざっくばらんに打ち明けるわね。じつはフレディのことが気になってるの。あの人にはお目付役が必要よ。それに、お母さまにお会いしてみたら、共通するところがたくさんあって」

「フレディのところにも幽霊がいる」わたしは指摘した。「馬を探して走りまわる騎士だ」

「剣《つるぎ》よ。でも、あの幽霊には害はまったくないわ。一六四三年以来（清教徒革命のさなか）、敷地内をのし歩いてるけど、これまで誰も傷つけたことはないもの」

「剣を見つけたとしたら？」

「取り越し苦労はしないことにしているの」

わたしは窓辺へ寄った。「いまいましい怪物め」

「あなたの責任よ。あなたがた、デヴロー家の人たちは、遺伝とかそういうことにもっと注意を払うべきだったわ」

わたしは彼女の家を辞去して村へ向かい、〈赤猪亭〉に立ち寄った。フレディは少々蒼ざめた顔をしていた。「いま聞いたばかりだ」彼は言った。「三十分ほど前、ジャーマンの息子のアルバートが荒れ野で死んでるのが見つかった。頭を強打されて、めちゃくちゃな状態らしい」

「なんだって！　誰のしわざだ？」

「まだわかってない。でも、どうやらみんな、デヴローの怪物が犯人だと思ってるみたいだ」かすかな笑みを浮かべた。「ジェラルド、さっきはせんさくしてすまなかった。このことはぜひとも言っておきたいんだけど、ぼくは心から信じてるよ――きみは散髪が必要なだけだ、それだけなんだって」

わたしはすぐ〈ストーンクロフト〉へもどったが、ジャーマン夫妻はどうやら村へ出かけたあとのようだった。

わたしは東の部屋へあがって、櫃《チエスト》の錠をあけた。封筒を取りだし、祖父の手紙を読み返した。

わたしの反応はレスリーをいたく喜ばせたらしい。わたしは落ち着きを取りもどすと、説明を求めようとした。だが、レスリーはわたしの腕をつかんで、外へ連れだした。「あとで」弟は言った。

わたしたちは馬に乗って村を出た。半マイルほど行ってから、レスリーは馬を止め、地面に降りた。そして、帽子を脱ぎ、こうしてわたしは、弟の変身に立ち会うこととなった。額を引っぱると、低い生え際を形作っていたくしゃくしゃの髪がとれた。もじゃもじゃの眉毛も同じように消えた。「あとは、顔は洗えばきれいになるし、しっかり歯磨きすれば、歯の汚れもとれるよ」

「レスリー、いったいなんの真似《まね》だ？」わたしは厳しく問いただした。

弟はにやりとした。「怪物を作っているところなんだ。デヴローの怪物だ」

弟はわたしの肩に手を置いた。「ブラッドリー、ぼくたちデヴロー一族は、初代以来、ずっとこの地に暮らしてる。ノルマン人の征服以前からだ。デヴローという名前は、フランス起源ではない。有史以前のうなり声がなまって、うちの先祖のひとりの呼び名になったにすぎないんだ。だのに、うちにはなんの幽霊も出ない。兄さんは、このことに気づいてるか？」

弟は地平線に向けて腕をふった。「ホーキンス家には、いまいましい騎士がいる。トレントン家には、祭りかなんかに出かけたまま帰らないジョニーを思って、すすり泣くメイドがいる。バーリー家――あのにわか成金にさえ、魚用のフォークを探しながら屋敷をうろつく、つまらん執事がいる。だのに、うちはどうだ？教えてやろう、何も出ないんだ！」

「だが、レスリー」わたしは言った。「いま挙げたのは、本物の幽霊だろう」

「なにが本物なもんか！　どれもこれも、想像力豊かな誰かが、自分の家に深夜の魅力を加味しようとして作りあげた、まがいものにすぎないよ。人はほんとうは幽霊を不快に思わない。それどころか歓迎する。だから『幽霊を見た』と明白な嘘《うそ》はつかないにしても、しまいには、うちには幽霊がいると信じこんでしまうんだ」

「ブラッドリー」レスリーは続けた。「ぼくはデヴローの怪物を創造してるところなんだ。これ以上にいいやり方がどこにある？　村人たちは、ぼくがじょじょに類人猿めいた生き物に変わっていくのを目の当たりにすることになるんだぜ。そして、一週間かそこらしたら、ぼく、すなわち、人間のレスリー・デヴローは姿を消す」

わたしは目をしばたたいた。「姿を消す？」

「ブラッドリー、ぼくは次男だ。たぶんこの先、一生〈ストーンクロフト〉にとどまって、兄さんがみまかるのを待ってるわけにはいかないだろう。兄さんは頑健そのものだからね。毒を盛ってやってもいいけど、ぼくは心から兄さんを好いている。となると、残された道は、国を出て、名声やら、富やらなんやらを求めること以外ないじゃないか。それで、旅立ちの前に、いわば餞別《せんべつ》として、デヴローの怪物を残してやることにしたんだ。ぼくはこれから荒れ野をうろつくのを人に見られたり——着ぐるみを着てね——あっちこっちで、通りがかりの人を追っかけたりする。全身をおおう衣装をこしらえたんだ。東の部屋の櫃のなかに、鍵をかけてしまってある。真夜中の散歩に着ていくつもりだ」

わたしはすぐさま、おまえの企ては笑止千万で、狂気の沙汰《さた》だ、と説教をたれはじめた。そのときは、うまく言いくるめてあきらめさせることができたと思っていた。だが、レスリーの性格と、あいつがついに折れて、うなずいたときの薄笑いの意味に思いを致すべきだった。

弟は次の週、デヴローの怪物の着ぐるみを着て荒れ野をうろついた――もっとも、わたしがそのことを知ったのは、あとになってからだった。どうやら村人たちは、怪物の存在をわたしに知らせることにためらいを感じたらしい。なぜなら、レスリーは変身しつつあるというのが、おおかたの見方であったから。

そして、ほどなくレスリーは姿を消した。

それから一年して、レスリーはようようインドから便りを寄こした。だが、そのあいだに弟の失踪についておそるおそるたずねてきた友人たちに対し、わたしは明確な回答をしなかった。あるとき腹立ちまぎれに、じつはレスリーには鎖をつけて、東の部屋に閉じこめてあると言い放ってしまったことがある。不幸にも、このひと言は、もっと分別があってしかるべき、かなりの数の人々に、すんなりと受け入れられてしまった。

デヴローの怪物の正体は、ついにレスリーの手紙が届いたとき、明るみに出すべきだったかもしれない。そうこうするうち、この地方で人捕りわなを禁ずる法律が施行されていなければ、たしかにそうしていたろう。

わたしは自分の地所に人捕りわなをしかけたことは一度もない。あのわなは密猟者の足を切断しかねないと思っている。だが、この近辺や村の者たちには、わたしが自分の所有地にじつに気前よく人捕りわなをばらまいている、という印象を植えつけるようにしてきた。それだけで、密猟者の大半をうちの土地から遠ざけておくには充分効果があったのだ。

ところが、前述したように、人捕りわなは法律で禁止されてしまった。そして、かりにもわたしに取り柄があるとしたら、それは法律を遵守するということであったし、密猟者どももそのことは承知していた。やつらはたちまち、わなを手にうちの土地へ来襲し、わたしが荒れ野に放っておいたアメリカウズラや、ヤマウズラに多大な損害を与えた。

むろん、防備のためには、あらゆる手立てを講じた。当局に訴え、猟場番を雇い、わたし自身が、うちの地所で捕らえた密猟者はひとり残らず、むち打ち刑に処する、と脅しさえした。

だが、いっこうに効果はなかった。

こうして万策尽きたときだった。ひとつ、とほうもないアイディアが頭に浮かんだ。わたしは家じゅうの鍵をかき集めて、東の部屋へあがった。レスリーの残していった櫃を開けてみると、デヴローの怪物の衣装はまだそこにあった。

衣装はわたしにぴったりだった。

その後の数週間ほど、楽しい思いをしたことはなかったと思う。夜になると、わたしは衣装を身につけ、地所をうろついた。断言してもいいが、最高に胸のすく体験だったよ、血も凍る吠え声をあげながら、サム・ガーヴィスを、彼のコテージの、まさに玄関口まで追いかけていったのは。

サムは密猟から足を洗った——わたしの知るかぎりは。だが、不幸なことに、彼の体験というか、体験談は、その息子には感銘を与えなかった。息子は密猟を続け、しまいに崖から転落して、首の骨を折った。

彼の死は怪物に追いかけられたのが原因だ、と広く信じられているが、それは事実ではない。サム・ジュニアについては、荒れ野では一度も見かけた覚えがないのだ。だが、わたしは噂の流布を妨げるようなことはしなかった。じつを言えば、怪物は、わたしが家から離れなかったときにも、幾度となく〝目撃〟されていたのだ。

だから、息子よ、逝《い》くにあたって、おまえにデヴローの怪物を贈る。ひょっとしたら、おまえにも何か使い道が見つかるかもしれない。

おまえの愛する父
ブラッドリー・デヴロー

わたしの父がこう追記していた。

ジェラルドよ、ガーヴィス一族の頑迷さにはあきれかえるばかりだ。ガーヴィス家の連中は、どうやら各自、怪物について実体験から学ばないかぎり、密猟から手を引かないようなのだ。

わたしは櫃から衣装を引っぱりだして、着こんだ。鏡の前で、もう一度、怪物を眺めた。

そう、たしかにこいつにはぞっとさせられる。善良な大佐が気絶したのも無理はない。

ノーム・ワキンスはたしかにデヴローの怪物を目撃した。おつむの足りないヴァーディ・ティブスも、ダイアナも。

だが、アルバート・ジャーマンは？　覚えがない。

ダイアナにちらりと姿を見せたあと、わたしはまっすぐ帰宅した。途中で誰にも会わなかったし、そのまま床についた。そして、ぐっすりと眠った――夢を見た以外は。

わたしは衣装の頭部を脱いで、自分の顔を見つめた。またひげを剃ったほうがいいだろうか？

夕刻、ジャーマン夫妻が帰ってきたのが見えたので、玄関までふたりを迎えにいった。

ジャーマン夫人は黒っぽい目をしたやせぎすの女で、何か、信じたくないことを考えているかのような目つきで、わたしを見た。

「ミセス・ジャーマン」わたしは声をかけた。「息子さんのことは心から……」

彼女はわたしのわきを素通りして、奥の廊下に消えた。

ジャーマンが難しい顔をした。「家内は動転しております。それはわたくしも同じですが」

「当然だろう」

ジャーマンが行き過ぎようとするのを、わたしは呼び止めた。「ジャーマン、当局は、きみの息子を殺したのが誰なのか、目星をつけたのか？」

「いいえ」

「何か……何か噂は？」

「はい、デヴローの怪物のことが取り沙汰されております」ため息をついた。「失礼いたします。家内のところへ行ってやりませんと」

その夜、床につく前に、わたしは寝室の窓を開けて、空気を入れ替えた。荒れ野のなだらかに起伏する丘が月光に輝き、遠くで犬が吠えた。冷たい夜風が吹きこむのが感じられた。

眼下の暗がりに、何やら動きが認められた。じっと目を凝らしていると、人影がうずくまっているのがわかった。人影はふたたび動いて、明るいところへ出てきた。ヴァーディ・ティブスだった。彼はつかの間、屋敷をふり返ってから、闇に消えた。

その晩、また夢を見た。夢のなかで、わたしは屋敷を出て荒れ野を歩きまわり、ストーン・サークルのところまでやってきた。そして、そこで待ちつづけた、誰かが通るのを。

アルバート・ジャーマンの葬儀は木曜日に行なわれ、わたしはもちろん参列した。薄暗い日で、棺《ひつぎ》を埋葬しているあいだに、霧は小雨に変わった。近隣の住民の大半が参列しているらしく、わたしはかなり多くの視線が、こっそりこちらに向けられるのを意識した。

翌朝、フレディ・ホーキンスが〈ストーンクロフト〉を訪ねてきたとき、わたしはジャーマンと家計の見直しをしていた。

フレディは椅子《いす》に腰かけた。「フランク・ガーヴィスがけさ、自宅の庭で死んでるのが見つかった。絞殺《こうさつ》だ。毛……獣毛のかたまりを手に握っていた。断じて人間の毛ではないそうだ、警察の調べによると」

ジャーマンが顔を上げたが、何も言わなかった。

わたしは首の後ろをさすった。「フレディ、きみはどう考える？」

「さあね。もしかしたらサーカスかどこかから、大猿が逃げだしたのかも」

「それなら、新聞で報じられそうなものだ」

彼は肩をすくめた。「デヴローの怪物って、ほんとにいるのかな？」ジャーマンのほうを向いた。「おまえはどう思う？」

「わたくしは意見を持ちあわせておりません」

フレディはにやりとした。「もしかしたら、ジェラルドが真夜中に起きだして、何か不可思議な力にとらわれ、獲物を求めて、荒れ野を駆けまわっていたのかも」首を横にふった。「でも、この説も買えないな。そのときだけのために毛を生やすなんて、ありそうにないもの。それとも、猿の着ぐるみなんかを着たのかな？」

フレディはしばらくわたしを見つめてから、話題を変えた。「母から聞いたけど、ダイアナとの話、壊れたんだってね。気の毒に」

「彼女はむしろきみにご執心らしい」わたしは言った。

彼は赤くなった。「ほんとうかい？」

「間違いない。きみの知性と積極性に感銘を受けていた」

彼は苦笑した。「からかうのもたいがいにしろよ」

彼が帰ったあと、わたしは東の部屋へ行って、櫃の錠をあけた。デヴローの怪物の衣装を引っぱりだしてみると、両腕から毛がごっそりと抜けていた。

その晩、わたしが書斎でウィスキーのボトルを半分空《から》にしたとき、ジャーマンがはいってきた。

「きょうはもう下がってもよろしゅうございますか?」

「ああ」

彼はボトルを一瞥《いちべつ》して、出ていこうとした。

「ジャーマン」

「はい」

「奥さんはどうしてる?」

「いくらか……落ち着いてまいりました」

もう一杯酒が欲しかったが、ジャーマンの前では、それもおぼつかなかった。「当局はまだ、おまえの息子を殺した犯人を特定していないのか?」

「はい。容疑者はおりません」

「おまえには何か……心当たりがあるか?」

彼の視線が揺らいだ。「ございません」

もう一杯注ぐことにした。「奥さんはどうだ?　彼女はこう考えてるんじゃないのか、デヴローの……」その先は続けられなかった。

ウィスキーを飲み干した。次のひと言は不意に口をついて出てきた。間違いなく酒が言わせた言葉だった。「ジャーマン、今夜はわたしを寝室に閉じこめてくれ」

「はい？」

「わたしを寝室に閉じこめてくれというんだ」強い口調でくり返した。

彼はわたしをじっと見つめた。その目には憂慮の色が浮かんでいた。

わたしは深くため息をつき、決意を固めた。「ジャーマン、ついてきてくれ。見せたいものがある」

彼を東の部屋に案内し、櫃の錠をあけて、例の手紙を手渡した。「これを読んでくれ」

いらいらと待つうちに、彼は手紙に目を通して顔を上げた。

「わかったろう、デヴローの怪物なんてものは実在しないんだ」

「さようでございますね」

「ジャーマン、事情がこうでなかったら、こんな打ち明け話をするつもりはなかった。これから話すことは絶対に他言しない、と名誉にかけて約束してもらいたい。絶対にだ、いいな？」

「心得ましてございます」

わたしは部屋のなかを行ったり来たりしはじめた。「第一に、密猟者がまたはびこりだしたのは知ってるな?」

彼はうなずいた。

「じつはな、ジャーマン、デヴローの怪物はわたしなんだ。ノーム・ワキンスを自宅の玄関まで追いかけたのは、このわたしだ。気の毒な、おつむの足りないヴァーディが出くわしたのも。言っとくけど、ヴァーディの場合は、偶然だよ。彼は密猟者ではないからな。実際、わたしと友だちになろうとするから、こっちが逃げだすはめになった」足を止めた。「わたしの目的は、単に密猟者を怖がらせて追いだすことだけだったんだ」

ジャーマンがかすかに微笑した。「マンスン大佐も密猟者でございましょうか?」

わたしは顔が赤くなるのを覚えた。「あれはもののはずみ。悪ふざけさ」

彼がほんの少し眉を上げた。「悪ふざけ、でございますか?」

ばつは悪いが、正直に話したほうがよさそうだった。「ジャーマン、大佐とダイアナ・マンスンがここへ引っ越してきたのは八か月前だったよな? それから二か月もしないうちに、気がついてみたら、わたしは婚約していたろう?」

「はい。かなり急なお話でございました」

わたしはうなずいて咳払いをした。「確約したのだし、わたしは紳士だ。約束は守る男だ。とはいえ……」

ジャーマンの口の両端がほんの少し上がった。「予想していたほどには幸せな気分にひたれない、とお気づきになったのでございますね？」

わたしはふたたび赤面した。「たまたま怪物の恰好《かっこう》をしているとき、マンスン大佐を見かけて、ふと思ったんだ。かりに大佐と、ひょっとしたらダイアナ本人が怪物を見たら、ふたりはそうまで熱心にはわたしを……」階下のウィスキーのところへもどりたかった。

「さようでございましたか。マンスン嬢は、ホーキンスさまに必ずや満足なさるものと存じます」

「ジャーマン。たしかにたくさんの人を怖がらせたが、誰ひとり傷つけてはいない。わたしは……断じて……おまえの息子を殺していない」櫃のなかのデヴローの怪物を見おろし、両腕の毛の抜けた箇所を凝視した。

ジャーマンの声は落ち着いていた。「まだ寝室に錠をおろすことをお望みですか？」

部屋に沈黙がおり、顔を上げてみると、ジャーマンはわたしを見つめていた。

やがて、ジャーマンは言った。「だんなさまがアルバートを殺してはいないことはよく存じております」

「知っている？」

「はい、二日前の晩、ヴァーディ・ティブスが裏口に来て、話してくれました。彼はアルバートが殺されるのを見たんです、遠くから。助けにいこうにも、距離がありすぎたとか……それに、一瞬の出来事だったと聞きました」

ジャーマンは疲れた顔つきになった。「アルバートは村から帰る途中でした。きっと、密猟者のわなか網を見つけたんでございましょう。ヴァーディによれば、アルバートがかがみこんで、何かを壊そうとしたとき、不意に何者かが背後から姿を現わし、息子を石で殴《なぐ》ったんだそうでございます」

「犯人は誰だ？」わたしはきつい口調でたずねた。

ジャーマンはつかの間、目を閉じた。「フランク・ガーヴィスでございます」

「しかし、どうしてヴァーディは当局に通報しなかった？」

「怖かったんでございますよ。施設へ送られるかもしれないと聞かされているので、役人とはかかわりを持ちたがらないのです。でも、たとえ当局に訴えたところで、どうなるものでもございませんでしたでしょう。おつむの足りないヴァーディの言葉と、ガーヴィスの反論では、どちらが信用されるかは、おのずと明らかでございます」

「しかし、それなら、ゆうべガーヴィスを殺したのは誰なんだ？」わたしはもう一度櫃を見おろしながら、自問した。あれはほんとうにただの夢だったのだろうか……。

「だんなさま」ジャーマンは静かに言った。「ジャーマン家とデヴロー家は初代からずっと共に生きてまいりました。およそデヴローの秘密で、ジャーマンから隠しておけるものなどないのですよ——少なくとも、そう長いあいだ」かすかな笑みを浮かべた。「わたくしの祖父もまた、息子に手紙を遺しました。順ぐりに、いまはわたくしが引き継いでおります」

彼はチョッキのポケットから鍵をひとつ取りだした。「この鍵でも櫃は開けられます。それに、デヴローの怪物の衣装はわたくしにぴったりでございました——わたくしの祖父や父が、着たいと思ったときに、そうしたのと同じように」

ジャーマンはため息をついた。「できることなら、このことは黙っておき、そのままやり過ごすつもりでおりました。でも、だんなさまがご自分の責任ではないかと恐れておいでのようでしたので、やむなく打ち明けたのでございます。こうなったからには、身辺の整理をつけたあと、警察に出頭して、すべてを自供しなければなりますまい」

「奥さんにはどう話した？」

「アルバートを殺したのはガーヴィスだ、とだけ。村人たちの考えていることを鵜呑《うの》みにしてもらいたくはありませんので」

わたしは首の後ろをさすった。「ジャーマン、おまえが警察に出頭しても……あまり……いいことはない気がするんだがな」

「と申しますと？」

「ガーヴィスを殺したのは、デヴローの怪物だった――そういうふうにしておいたほうが、ずっと、ずっといいように思うんだよ」

しばらくしてから、ジャーマンが小さな声で言った。「恐れ入ります」

わたしはデヴローの怪物を櫃から引っぱりだした。「しかし、こいつは処分したほうがいいだろう。なんといっても、こいつと、ガーヴィスが手に握っていた毛の固まりを比較してみよう、と考えるやつが出てこないともかぎらないからな」

ジャーマンが怪物を腕に抱えた。「さようでございますね。わたくしが燃やしてしまいましょう」戸口のところで、彼はふり返った。「デヴローの怪物は死んだのでございますね？」

荒れ野から一陣の風が吹きつけ、よろい戸のあたりでひゅうと音を立てた。

「ああ」わたしは言った。「デヴローの怪物は死んだ」

彼が退出したあと、わたしはふと鏡に目をやった。

おかしい。またひげをあたったほうがよさそうだ。

解説――ポケットにジャック・リッチーを

羽柴壮一

二〇〇五年、翻訳ミステリ界にひとつの事件が起きた。

その年のベスト・ミステリを選ぶ年末恒例の『このミステリーがすごい！』（宝島社）のアンケートで、ジャック・リッチー『クライム・マシン』（晶文社）が海外篇第一位に選ばれたのである。十八年に及ぶ同アンケートで短篇集が一位を獲得したのはこれが初めて。ちなみに『週刊文春』の「ミステリー・ベスト10」では第二位。

普通、この種のアンケートでは、たとえば『薔薇の名前』や『羊たちの沈黙』のような重厚な力作が上位を占めるのだが、よりにもよって最軽量級のリッチーが並みいる強敵をおさえ、見事一位をかっさらってしまったのだから、『このミス』始まって以来の椿事《ちんじ》とみる向きも少なくなかった。

しかし、その理由は単純。『クライム・マシン』が理屈ぬきで、誰が読んでも面白い本だったからだ。簡潔で巧妙な語り口、奇抜な発想、ひねりの利いたストーリー、独特のユーモア。「ミステリを読む愉しみってこういうことだよなぁ、ということを再認識させてくれる一冊」（川出正樹）というコメントが、人気の秘密を正しく言い当てている。ミステリ・マニアから初心者まで、幅広く支持を集めた本書の高評価は、短篇ミステリの魅力にあらためてスポットライトを当てることにもなった。その後、『10ドルだって大金だ』『ダイアルAを回せ』（河出書房新社）の二冊のジャック・リッチー傑作集が編まれ、いずれも好評を博している。

今回、リッチー再評価の口火を切った『クライム・マシン』が手に取りやすい文庫版に生まれ変わることになった。軽さを持ち味とするリッチーのミステリには、立派なハードカバーより、ポケットに入る文庫本のほうがふさわしいかもしれない。短篇ミステリの名手が腕によりをかけた傑作十四篇。そのプロフェッショナルの仕事をどうぞご賞味いただきたい。

ジャック・リッチーは短篇ミステリの専門家《スペシャリスト》だ。一九五〇年代から八〇年代初めにかけて、職人芸ともいうべき簡潔なスタイルで綴《つづ》られたクライム・ストーリーを、さまざまな雑誌に毎月のように書きつづけた。その数、三百五十篇にも及ぶ。わが国でも、中原弓彦（小林信彦）が編集長をつとめた伝説の雑誌《ヒッチコック・マガジン》日本版を始めとするミステリ専門誌で、早くから相当数の短篇が紹介されてきた。しかし、雑誌での人気にもかかわらず、生前に刊行された短篇集はわずか一冊。本国アメリカでも、軽いタッチのひねりのきいた短篇を量産した器用な職人作家、バイプレイヤー的存在とみられていたのだろう。

しかしその一方、専門家のあいだでのリッチー短篇の評価は高い。たとえば、アメリカ探偵作家クラブ（MWA）編の年刊傑作選 *Best Detective Stories of the Year* は、一九六一年からリッチーが亡くなる八三年までの二十三年間で、なんと十八冊がリッチー作品を選出している（しかも二作収録の年が三回）。サスペンス映画の巨匠ヒッチコックのお気に入りで、そのアンソロジーの常連でもあった。「リッチーの作品を欠いては完璧なアンソロジーとは言えない」とはビル・プロンジーニの言である。

とりわけその簡潔きわまる文体は、多くの同業作家を魅了した。《ニューヨーク・タイムズ》のミステリ書評を長年担当したアントニイ・バウチャーは、その無駄のない適切な言葉づかいを称賛し、熱烈なリッチー・ファンで、生前唯一の短篇集 *A New Leaf and Other Stories*（1971）に序文を寄せたドナルド・E・ウェストレイクは、長篇全盛の時代にあって禁欲的なまでに言葉を惜しんだ短篇の名手に対して、「間違った席に坐《すわ》ってしまった輝かしい才能、大肥満時代における細密画家」と賛辞を贈っている。本邦でも、「プロの技は、長編よりも短編にこそ現れるという、格好の見本がここにある」という逢坂剛の評がある。

多くの評者が指摘するように、リッチーは可能なかぎりシンプルに書くことにこだわった作家だった。無駄な言葉や描写を徹底的にそぎ落とすこと。その創作観をよく示している彼自身の言葉がある。

「私はつねづね活字になった長篇小説で、より良い短篇に縮めることのできないものはないと感じてきた。……ヴィクトル・ユゴーは『レ・ミゼラブル』でパリの下水道の歴史や構造、その他もろもろを描くのにおよそ三万語を費やしている。私だったら、段落二つで下水道の描写をすますことができただろう。もしかしたら段落一つで。そうすれば『レ・ミゼラブル』は中篇になる。あるいは小冊子《パンフレット》にだってできるかもしれない」

深刻ぶった重厚長大とは対極にある「軽さ」こそがリッチー短篇の身上だ。細密な描写によって「登場人物の心理を掘り下げる」ことなど、リッチーは考えもしなかっただろう。「シリアス」や「重厚」とちがって「軽さ」は評価されにくい。しかし、エンターテインメントに徹したリッチー短篇の軽さは、たとえばショートショート「殺人哲学者」のように、ときに静かな凄味《すごみ》にまで達している。

奇抜な設定も素晴らしい。プロの殺し屋の前に自称発明家が現れ、自分はタイム・

マシンであなたの犯行を目撃した、と告げる「クライム・マシン」、余命四か月を宣告された男が町中の礼儀知らずどもを殺して歩きはじめる「歳はいくつだ」、冤罪《えんざい》で四年間獄中にいた男が釈放され、自分を有罪に追いやった人々を訪ねてまわる「日当22セント」、深夜、橋の上で放心状態でいたところを警察に保護された記憶喪失の男が、自分が誰だか知りたくないと言いはる「記憶よ、さらば」（本文庫版に新収録）、英国の旧家に伝わる伝説の怪物が荒地に出没、殺人事件に発展する「デヴローの怪物」など、魅力的な発端から読者はたちまち引き付けられてしまう。ところが、巧みなストーリーテリングによって、いつのまにか物語は意外な方向へと展開していく。そのねじれ方、はずし方になんともいえないユーモアがあり、オフビートな味がある。

また、ほとんど会話だけで成立しているショートショート「旅は道づれ」「罪のない町」では、対話の主が気がついていない真相を読者にだけわかるように書く、という超絶技巧を披露している。

三百五十篇にも及ぶ短篇のほとんどが単発作品だが、リッチーは二人のユニークなシリーズ・キャラクターを創造している。

「こんな日もあるさ」「縛《しば》り首《くび》の木」に登場するヘンリー・S・ターンバックル部長刑事は、ミルウォーキー市警察の名探偵。相棒のラルフ刑事をワトスン役に、毎回、その鋭い頭脳で名推理を披露するのだが、なぜか事件はしばしばターンバックルの推理とは違うかたちで解決してしまう。身元不明の轢《ひ》き逃げ死体から〝犯罪史上まれに見る冷酷な殺人計画〟を察知する「こんな日もあるさ」は、その特色が遺憾なく発揮された典型的な作品。「縛り首の木」は二人が出張の帰途、時空を超えた異世界に入りこみ、不可思議な体験をするシリーズ異色篇だが、ここでもターンバックルのトンチンカンぶりは際立っている。

一九七一年に、ヘンリー・S・バックル刑事が登場する原型的作品が二篇書かれ、四年後の七五年、《ヒッチコック・マガジン》五月号にターンバックル・シリーズ第一作〝Bedlam at the Budgie〟が掲載される。シリーズはその後、《エラリイ・クイーンズ・ミステリ・マガジン》に舞台を移して書き継がれた。クライム・ストーリーの名手の印象がつよいリッチーだが、些細《ささい》な手がかりからエラリイ・クイーンばりの華麗な(ただし、結果的に間違っている)ロジックを展開する本シリーズでは、本格ミステリ作家としての優れた資質もうかがうことができる。

二篇のバックル物を含むシリーズ全二十九篇が *The Adventures of Henry Turnbuckle*(1987)にまとめられており、『10ドルだって大金だ』『ダイアル A を回せ』でもターンバックル部長刑事のさらなる活躍を読むことができる。

ターンバックルの趣味は、作者と同じくクロスワードパズル。一時期、教育休暇中に私立探偵として活動していたこともある。なお、ミドル・ネームのイニシャルSについては、「こんな日もあるさ」に「セレンディピティのS」というジョークが出てくるが、「縛り首の木」の宿帳にサインする場面では「J」となっている。作者の勘違いか、あるいは何か理由があるのかはっきりしないが、念のため指摘しておく。

もうひとりのシリーズ・キャラクター、夜しか営業しない謎《なぞ》の私立探偵カーデュラの冒険譚全八篇は、ノンシリーズ短篇を大幅に増補して、『カーデュラ探偵社』として河出文庫から近刊予定である。こちらもお楽しみに。

没後にまとめられた短篇集 *Little Boxes of Bewilderment*（1989）に付された編者フランシス・ネヴィンズ・ジュニアの序文をもとに、リッチーのプロフィールを紹介しておこう。

一九二二年二月二十六日、リッチーはアメリカ中西部ウィスコンシン州の中心都市ミルウォーキーに生まれた（リッチーの作品は、そのほとんどがミルウォーキーまたはその周辺を舞台にしている）。本名ジョン・ジョージ・レイチ。高校卒業後、ミルウォーキー教員養成大学に進学。しかし、教師になるつもりはまったくなかった。とくに何かになりたい、ということのない青年時代だったという。

第二次大戦が勃発すると陸軍に入隊、太平洋の島々を転々とするが、駐屯地のひとつクワジャリン島で、リッチーは生まれて初めて探偵小説を手に取る。自身の回想によれば、「当時、クワジャリンにはビールも、女も、何もなかった。そこに私は十一か月駐屯したが、読書よりほかにすることがなかった」。

軍のライブラリーには約二百冊の本があったが、リッチーはそのうち百六十冊を読破してしまう。あとはもうミステリしか残っていなかった。当時のリッチーは「探偵小説嫌い」を標榜していて、その手の本を一冊も読んだことがなかったのだ。しかし、読むものがなくなり「やけになった私はついに降参して、その一冊を手に取った。私はたちまちその虜《とりこ》になり、中毒になった。以来、今日に至るまで、私は〝ストレートな〟小説をほとんど読んでいない」。しかし、そのときはまだ、自分で探偵小説を書いてみようとは思わなかった。

戦争が終り、帰国したリッチーは、とりあえず部屋代と食費を稼ぐために、父親の経営する仕立屋で働くことにする。しかし、父の店を継ぐつもりはなかった。

一九五二年頃、もともと作家志望で、短篇小説を書いていた母親が地元の作家クラブに加入し、文芸エージェントのラリー・スターニグと知り合ったことが契機となる。そのとき、ある考えがリッチーの頭にひらめいた。「ママに書けるんだったら、自分だって書けるはずだ」彼は机に向かうと、両手利きのピッチャーを主人公にしたスポーツ物の短篇を書き上げた。そしてスターニグが母親を訪ねてきたとき、その原稿を手渡した。彼の顔には「やれやれ、みんな、自分には書けると思ってるんだからな」と書いてあったという。しかし、次の日、スターニグは微笑をうかべて再び彼の前に現れる。それがすべての始まりだった。

創作活動に乗り出すにあたって、リッチーは自分に厳しい試練を課すことにした。「私は五十篇の短篇を書くことに決めた。週に一作ずつ。仕立屋で働きながら。そして年内に一つも売れなかったら、望みはないとあきらめる。八作目が売れ、問題は解決した。結局、あとの七作もほとんどが売れた」

最初に活字になった作品は、ニューヨーク《デイリー・ニューズ》一九五三年十二月二十九日号に掲載されたショートショート"Always the Season"で、リッチーは稿料五十ドルを受け取っている。当初はスポーツ物やロマンス物など、おもに新聞向けの軽い読物が中心だったが、その年、ハードボイルド・マガジン《マンハント》が創刊されると、早速売り込みをかけ、五四年七月号の"My Game, My Rules"で初登場を果たす。五〇年代の彼の犯罪小説は、《マンハント》編集者の好んだ、凄味を利かせた簡潔なスタイルで書かれている。同誌には別名義を含め二十三篇が掲載されているが、自分を殺しにきた殺し屋との駆け引きを描く「動かぬ証拠」や、本書収録の「デヴローの怪物」「切り裂きジャックの末裔《まつえい》」などが代表作だろう（もっとも、この二篇は六〇年代の作品で、作風はかなり変化しているのだが）。

一九五四年、年越しパーティで出会った女性作家リタ・クローンと結婚。二人は街を出て、ミシガン湖に浮かぶ小さな島、ワシントン島に移り住む。最初の二年半は丸太小屋ですごし、自然の中の生活を満喫しながら、ジャックは短篇、リタは子供向けの歴史冒険小説を書きつづけた。

読書ではノンフィクションを好み、とくに歴史に関心があった。また、後年のインタビューでは、クリスティー、ジョン・D・マクドナルド、チャンドラー、ウェストレイクをお気に入りのミステリ作家として挙げている。趣味はクロスワードパズル、学生時代にボクシングの経験があり、スポーツへの関心は生涯もちつづけた。

その後、リタが妊娠すると四エイカーの土地つきの家を買い、そこで二人の娘と二人の息子をもうけている。子供たちが大きくなると、ジェファソン近郊の農家を借りて移り住んだ。

一九五六年十二月、《アルフレッド・ヒッチコック・ミステリ・マガジン》が創刊されると、早くも創刊第二号の五七年一月号に"Bullet Proof"を発表。同誌は以後四半世紀にわたって、スティーヴ・オコンネル、スティーヴ・オドンネルの別名義もあわせて百二十三篇もの作品を買い上げる、リッチー最大のお得意先となった。「クライム・マシン」「歳はいくつだ」など、本書収録作の大半が同誌の掲載作で、ヘンリイ・スレッサー、ロバート・アーサー、C・B・ギルフォードらと共に、《ヒッチコック・マガジン》を代表する作家のひとりと言ってもいいだろう。TVドラマ《ヒッチコック劇場》にも原作を提供している。

六〇年代にはいると、ひねりの利いたプロット、クールなユーモア、無駄のない語り口といった、リッチー・タッチともいうべき独自の作風を完全に確立。やがてリッチーはマーケットを拡大し、スポーツ小説、ロマンス、メンズマガジン向けの軽読物、ときにはウエスタンまで手がけて、当代きっての多才な短篇作家であることを証明した。

一九七一年には短篇「妻を殺さば」を原作とする映画《おかしな求婚》*A New Leaf*（ウォルター・マッソー主演）が公開され、それにあわせて短篇集*A New Leaf and Other Stories*も刊行されている。七六年からはミステリ専門誌の一方の雄《エラリイ・クイーンズ・ミステリ・マガジン》にも発表の場をひろげ、同誌掲載の「エミリーがいない」で一九八二年度MWA最優秀短篇賞を獲得した。

しかし、順調な文筆活動の一方で、私生活では七八年にリタと離婚、フォート・アトキンスンの小さなアパートに移って一人暮らしを始めている。やがて健康状態が急速に悪化し、唯一の長篇*Tiger Island*（1987／死後出版）を完成させるとまもなく復員軍人病院に入院。一九八三年四月、心臓発作のため死去した。六十一歳だった。

最後に、簡潔なスタイルを追求した短篇の職人リッチーらしいエピソードをひとつ紹介しておこう。最晩年のインタビューで彼は、「自分がこれまでに書いた最も短い物語」を披露している。それはわずか二つのセンテンスからなるものだった。

すべてが終ったとき地球上には二人の人間が残った。二十年後、年上の男が死んだ。

そして彼は言った。「まだもう少し削れると思うんだよ」

収録作品初出一覧

「クライム・マシン」The Crime Machine（AHMM, January 1961）
「ルーレット必勝法」Where the Wheel Stops（AHMM, October 1958）
「歳はいくつだ」For All the Rude People（AHMM, June 1961）
「日当22セント」Twenty-Two Cents a Day（AHMM, July 1966）
「殺人哲学者」The Killing Philosopher（AHMM, June 1968）
「旅は道づれ」Traveler's Check（AHMM, December 1962）
「エミリーがいない」The Absence of Emily（EQMM, January 28, 1981）
「切り裂きジャックの末裔」Ripper Moon（Manhunt, February 1963）
「罪のない町」Lily-White Town（AHMM, May 1960）
「記憶テスト」Memory Test（AHMM, August 1965）
「記憶よ、さらば」Good-bye, Memory（AHMM, August 1961）
「こんな日もあるさ」Some Days Are Like That（EQMM, July 1979）
「縛り首の木」The Hanging Tree（AHMM, January 1979）
「デヴローの怪物」The Deveraux Monster（Manhunt, February 1962）
＊AHMM = Alfred Hitchcock's Mystery Magazine　EQMM = Ellery Queen's Mystery Magazine

邦訳短篇集

『クライム・マシン』晶文社（2005）／河出文庫　＊本書（収録作を一部変更）
『10ドルだって大金だ』河出書房新社（2006）
『ダイアルAを回せ』河出書房新社（2007）
『カーデュラ探偵社』河出文庫（近刊）

本書は二〇〇五年九月、〈晶文社ミステリ〉の一冊として刊行された。

なお、河出文庫版では新たに「記憶よ、さらば」を収録し、「カーデュラ探偵社」「カーデュラ救助に行く」「カーデュラの逆襲」「カーデュラと鍵のかかった部屋」を割愛した。この四篇は『カーデュラ探偵社』（河出文庫近刊）に収録。

クライム・マシン

二〇〇九年 九 月一〇日 初版印刷
二〇〇九年 九 月二〇日 初版発行

著 者 J・リッチー
訳 者 好野《よしの》理恵《りえ》 他
企画・編集協力 藤原編集室
発行者 若森繁男
発行所 株式会社河出書房新社
〒一五一−〇〇五一
東京都渋谷区千駄ヶ谷二−三二−二
電話〇三−三四〇四−八六一一（編集）
〇三−三四〇四−一二〇一（営業）
http://www.kawade.co.jp/

ロゴ・表紙デザイン 粟津潔
本文フォーマット 佐々木暁
印刷・製本 中央精版印刷株式会社
落丁本・乱丁本はおとりかえいたします。
Printed in Japan ISBN978-4-309-46323-0

銀河ヒッチハイク・ガイド

ダグラス・アダムス　安原和見〔訳〕　46255-4

銀河バイパス建設のため、ある日突然地球が消滅。地球最後の生き残りであるアーサーは、宇宙人フォードと銀河でヒッチハイクするはめに。抱腹絶倒ＳＦコメディ「銀河ヒッチハイク・ガイド」シリーズ第一巻！

宇宙の果てのレストラン

ダグラス・アダムス　安原和見〔訳〕　46256-1

宇宙船が攻撃され、アーサーらは離ればなれに。元・銀河大統領ゼイフォードとマーヴィンがたどりついた星で遭遇したのは⁉　宇宙の迷真理を探る一行のめちゃくちゃな冒険を描く、大傑作ＳＦコメディ第二弾！

宇宙クリケット大戦争

ダグラス・アダムス　安原和見〔訳〕　46265-3

遠い昔、遙か彼方の銀河で、クリキット軍の侵略により銀河系は絶滅の危機に陥った――甦った軍を阻むのは、宇宙イチいい加減なアーサー一行。果たして宇宙は救われるのか？　傑作ＳＦコメディ第三弾！

さようなら、いままで魚をありがとう

ダグラス・アダムス　安原和見〔訳〕　46266-0

十万光年をヒッチハイクして、アーサーがたどり着いたのは、８年前に破壊されたはずの地球だった‼　この〈地球〉の正体は⁉　大傑作ＳＦコメディ第四弾！　……ただし、今回はラブ・ストーリーです。

ほとんど無害

ダグラス・アダムス　安原和見〔訳〕　46276-9

銀河の辺境で第二の人生を手に入れたアーサー。だが、トリリアンが彼の娘を連れて現れる。一方フォードは、ガイド社の異変に疑問を抱き――。ＳＦコメディ「銀河ヒッチハイク・ガイド」シリーズついに完結！

クマのプーさんの哲学

J・T・ウィリアムズ　小田島雄志／小田島則子〔訳〕　46262-2

クマのプーさんは偉大な哲学者⁉　のんびり屋さんではちみつが大好きな「あたまの悪いクマ」プーさんがあなたの抱える問題も悩みもふきとばす！　世界中で愛されている物語で解いた、愉快な哲学入門！

著訳者名の後の数字はISBNコードです。頭に「978-4-309」を付け、お近くの書店にてご注文下さい。